PICCOLA BIBLIOTECA ADELPHI

650

Johann Heinrich Füssli, *La disperazione dell'artista davanti all'imponenza delle rovine antiche.* Kunsthaus, Zurigo.

Gérard de Nerval

LA REGINA DI SABA

A cura di Giovanni Mariotti

ADELPHI EDIZIONI

WWW.ADELPHI.IT

ISBN 978-88-459-2812-3

INDICE

LA REGINA DI SABA

ADONIRAM

Per servire le intenzioni del gran re Solimano Ben-Daud[1] il servo suo Adoniram aveva da dieci anni rinunciato al sonno, ai piaceri, alla gioia dei festini. Capo delle legioni di operai che, simili a sciami innumeri di api, contribuivano a costruire le arnie d'oro, di cedro, di marmo e di bronzo che il re di Gerusalemme consacrava ad Adonai e innalzava a se stesso, alla propria grandezza, maestro Adoniram passava le notti a tracciare progetti e i giorni a modellare le figure colossali destinate a ornare l'edificio.

Non lontano dal tempio incompiuto aveva installato fucine dove incessante risuonava il martello, e fonderie sotterranee dove il bronzo liquido scivolava lungo cento canali di sabbia e prendeva forma di leoni, tigri, draghi alati, cherubini, o anche di geni strani e folgorati... razze lontane, a metà perdute nella memoria degli uomini.

Gli artigiani che, agli ordini di Adoniram, ne realizzavano le vaste concezioni erano ben più di centomila: i fonditori erano in numero di trentamila; muratori e tagliapietre formavano un esercito di ottantamila uomini; settantamila manovali aiutavano a trasportare i materiali.

1. Salomone, figlio di David.

Disseminati in squadre numerose, i carpentieri sparsi nelle montagne abbattevano pini secolari sin nei deserti degli Sciti, e cedri sugli altipiani del Libano. Per il tramite di tremilatrecento intendenti Adoniram imponeva la disciplina e manteneva l'ordine tra le popolazioni operaie, che funzionavano senza confusione.

E tuttavia l'inquieta anima di Adoniram sovrintendeva a opere tanto grandi con una sorta di disdegno. Portare a compimento una delle sette meraviglie del mondo gli sembrava impresa meschina. Più l'opera avanzava, più la debolezza della razza umana gli appariva evidente, e gemeva sull'insufficienza e sui mezzi limitati dei suoi contemporanei. Ardente nel concepire, più ardente nel realizzare, Adoniram sognava lavori giganteschi; il suo cervello, che ribolliva come una fornace, generava mostruosità sublimi, e mentre la sua arte meravigliava il principe degli Ebrei, lui solo provava pena per le mansioni cui si vedeva ridotto.

Era un personaggio fosco, misterioso. Il re di Tiro, che l'aveva impiegato, ne aveva fatto dono a Solimano. Ma qual era la patria di Adoniram? nessuno che lo sapesse! Da dove veniva? mistero. Dove aveva sviscerato gli elementi di un sapere così pratico, profondo e molteplice? lo si ignorava. Sembrava creare tutto, prevedere tutto, far tutto. Qual era la sua origine? a che razza apparteneva? Nessun segreto era meglio custodito: a questo riguardo Adoniram non tollerava di essere interrogato. La misantropia lo rendeva straniero e solitario in mezzo alla stirpe dei figli di Adamo; il genio luminoso e audace lo collocava al di sopra degli uomini, che non si sentivano suoi fratelli. Partecipava dello spirito della luce e del genio delle tenebre!

Indifferente alle donne, che lo contemplavano di soppiatto e non parlavano mai di lui, sprezzante verso gli uomini, che evitavano il fuoco del suo sguardo, non si curava né del terrore ispirato dal suo aspetto imponente e dalla corporatura alta e robusta, né dell'impressione prodotta dalla sua strana e conturbante bellezza. Il suo cuore era muto; soltanto l'attività dell'artista animava mani fatte per plasmare il mondo e piegava spalle fatte per sollevarlo.

Se non aveva amici, aveva schiavi devoti, e si era concesso un compagno, uno solo... un fanciullo, un giovane artista uscito da una di quelle famiglie fenicie che un tempo avevano trasportato le loro sensuali divinità sulla costa orientale dell'Asia Minore. Artista minuzioso, docile innamorato della natura, soffuso il viso di pallore, Benoni aveva trascorso l'infanzia nelle scuole, e la giovinezza al di là della Siria, lungo le rive fertili dove l'Eufrate, ancora modesto ruscello, vede soltanto, sugli argini, pastori che sospirano le loro canzoni all'ombra di lauri verdi stellati di rose.

Era l'ora del giorno in cui già il sole declina sul mare, e davanti a un blocco di cera Benoni modellava delicatamente una giovenca, sforzandosi di rendere l'elastica tensione dei muscoli, quando maestro Adoniram si avvicinò, contemplò lungamente l'opera quasi finita e corrugò la fronte.

«Ingrata fatica!» esclamò. «Nient'altro che pazienza, gusto, puerilità!... genio nessuno; volontà nemmeno. Tutto degenera, e già isolamento, diversità, contraddizione e indisciplina, strumenti eterni di rovina per le razze snervate, paralizzano le vostre povere immaginazioni. Dove sono i miei operai? i miei fonditori, i miei fuochisti, i miei fabbri?... Spariti!... In questi forni freddi dovrebbero ora ruggire fiamme attizzate senza sosta; la terra avrebbe dovuto ricevere le impronte di questi modelli plasmati dalle mie mani. Mille braccia dovrebbero piegarsi sulla fornace... e siamo soli!».

«Maestro,» rispose dolcemente Benoni «gli uomini ordinari non sono sostenuti dal genio che ti brucia; hanno bisogno di riposo, e l'arte, che ci tiene prigionieri, lascia in ozio i loro pensieri. Se ne sono andati per tutto il giorno. L'ordine del saggio Solimano ha imposto loro il riposo come dovere: Gerusalemme si apre alla festa».

«Una festa? che m'importa? il riposo... non l'ho mai conosciuto, io. È l'ozio che mi abbatte! Che opera stiamo facendo? un tempio da orafi, un palazzo per l'orgoglio e la voluttà, gioielli che un tizzone ridurrebbe in cenere. Chiamano questo creare per l'eternità... Un giorno, attirate da un volgare desiderio di saccheggio, orde di vincitori, federati contro questo popolo rammollito, abbatteranno in poche ore il fragile edificio, e non ne resterà che un ricordo. I nostri modelli fonderanno alla luce delle torce come le nevi del Libano quando viene l'estate, e la posterità, percorrendo pendici deserte, ripeterà: "Che povera e debole nazione, questa razza ebrea!..."».

«Ma come, maestro, un palazzo così magnifico... il più ricco dei templi, il più vasto, il più solido...».

«Vanità! vanità! come dice, vanitosamente, re Solimano. Sai cosa fecero un tempo i figli di Enoch? un'opera senza nome... di cui il Creatore ebbe spavento: fece allora tremare la terra, che la rovesciò, e con quelle sparse macerie fu edificata Babilonia... leggiadra città, dove sulla cerchia delle mura possono volare uno accanto all'altro dieci carri. Sai cos'è un monumento? conosci le piramidi? Dureranno sino al giorno in cui crolleranno nell'abisso le montagne di Kaf, che circondano il mondo. Non sono stati certo i figli di Adamo a innalzarle!».

«Si dice tuttavia...».

«Si mente: il diluvio ha lasciato la sua impronta sulla loro cima. Ascolta: a due miglia da qui, risalendo il Cedron, c'è un blocco di roccia quadrato di seicento cubiti. Mi si diano centomila scalpellini armati di mazza e martello; nel masso enorme taglierò la testa mostruosa di una Sfinge... che sorride e fissa sul cielo uno sguardo implacabile. Dal sommo delle nuvole, Geova la vedrebbe e sbiancherebbe per lo stupore. Ecco un monumento. Centomila anni passerebbero e i figli degli uomini direbbero ancora:

“Un gran popolo ha lasciato là un segno del suo passaggio”».
«Signore,» pensò Benoni rabbrividendo «da che razza discende questo genio ribelle?...».
«Queste colline, che chiamano montagne, mi fanno pietà. Almeno si lavorasse ad accatastarle, intagliando sugli spigoli figure colossali... sarebbe qualcosa. Alla base si scaverebbe una caverna abbastanza vasta per dare alloggio a una legione di preti: vi sistemerebbero la loro arca, con i cherubini d'oro e due sassi che chiamano le Tavole, e Gerusalemme avrebbe un tempio; invece ospiteremo Dio come un ricco *seraf* (banchiere) di Menfi...».
«Il tuo pensiero sogna sempre l'impossibile».
«Siamo nati troppo tardi; il mondo è vecchio, e la vecchiaia è debole; hai ragione. Decadenza, caduta! tu copi freddamente la natura, e sei come la donna di casa che tesse un velo di lino; il tuo spirito paralizzato si fa schiavo ora di una vacca, ora di un leone, ora di un cavallo, ora di una tigre; il tuo lavoro rivaleggia, attraverso l'imitazione, con una giovenca, o una leonessa, o una tigre, o una giumenta...; queste bestie ti guidano in quello che esegui, e non basta: insieme alla forma trasmettono la vita. Ragazzo, questa non è arte: l'arte sta nel creare. Quando disegni uno di quegli ornamenti che serpeggiano lungo i fregi, ti limiti forse a copiare i fiori e le foglie che rampicano e si diramano? No: inventi, lasci correre lo stilo secondo il capriccio dell'immaginazione, mescolando le fantasie più bizzarre. Ebbene, perché, accanto all'uomo e agli anima-

li esistenti, non cerchi forme sconosciute, esseri innominati, incarnazioni davanti alle quali l'uomo indietreggi, accoppiamenti terribili, figure capaci di diffondere rispetto, gaiezza, stupore o spavento? Ricorda i vecchi Egizi, gli artisti arditi e ingenui dell'Assiria. Non hanno forse strappato ai fianchi del granito sfingi, cinocefali, deità basaltiche, il cui aspetto appariva rivoltante al Geova del vecchio Daud? Di età in età, rivedendo quei simboli paurosi, si ripeterà che un tempo vissero geni audaci. Pensavano forse alla forma? No, se ne facevano beffe e, forti delle loro invenzioni, potevano gridare a quello che creò tutto: "Questi esseri di granito tu neanche li immagini e non oseresti animarli". Ma il dio multiplo della natura vi ha piegato sotto il suo giogo: la materia vi limita; il vostro genio degenerato sguazza nelle volgarità della forma; l'arte è perduta».

«Da dove viene» si chiedeva Benoni «questo Adoniram, il cui spirito eccede i limiti dell'umanità?».

«Torniamo a passatempi che siano all'umile portata del gran re Solimano» riprese il fonditore, passando la mano sulla larga fronte per liberarla da una foresta di capelli neri e crespi. «Ecco quarantotto buoi di bronzo, niente male come taglia, e altrettanti leoni, e uccelli, e palme, e cherubini... Tutto ciò, un po' più espressivo che in natura. Li destino a sorreggere un mare di bronzo di dieci cubiti, colato in un solo getto, di una profondità di cinque cubiti, e orlato da una fascia di trenta cubiti arricchita da modanature. Ma ho altri modelli da terminare. Lo stampo della vasca è pronto. Temo che si screpoli per il calore del giorno: dovremmo affrettarci, ma vedi, amico, gli operai sono in festa e mi abbandonano... Una festa, dici; che festa? per quale occasione? ».

BALKIS

« Molti secoli prima della cattività degli Ebrei in Egitto, Saba, l'illustre discendente di Abramo e di Ketura, andò ad abitare nelle terre felici che oggi chiamiamo Yemen, e vi fondò una città che dapprima portò il suo nome, e che oggi conosciamo come Mareb. Saba aveva un fratello chiamato Iarab, che diede il nome alla pietrosa Arabia. I suoi discendenti trasportano qua e là le tende, mentre la posterità di Saba continua a regnare sullo Yemen, ricco impero che obbedisce oggi alle leggi della regina Balkis, erede diretta di Saba, di Jochtan, del patriarca Eber... il cui padre ebbe per trisavolo Sem, padre comune di Ebrei e Arabi ».

« Ti dilunghi in prologhi come un libro egizio, » lo interruppe l'impaziente Adoniram « e vai avanti col tono monotono di Musa Ben-Amran (Mosè), il prolisso liberatore della razza di Giacobbe. Gli uomini delle parole succedono agli uomini d'azione ».

« Come gli autori di proverbi ai poeti sacri. In breve, maestro, la regina del Sud, la principessa dello Yemen, la divina Balkis, venuta a visitare la saggezza di re Solimano e ad ammirare le meraviglie create dalle nostre mani, entra oggidì in Solima. I nostri operai le sono corsi incontro, al seguito del re; le campagne nereggiano di folla e le officine sono vuote. Mi sono precipitato tra i primi, ho visto il corteo e sono tornato».

«Annunciate dei padroni, voleranno ai loro piedi... ozio, servitù...».

«Curiosità soprattutto, e la capireste se... Le stelle del cielo sono meno numerose dei guerrieri che seguono la regina. Dietro di lei sessanta elefanti bianchi portano torri su cui brillano l'oro e la seta; mille Sabei dalla pelle dorata dal sole avanzano conducendo cammelli che piegano i ginocchi sotto il peso dei bagagli e dei doni della principessa. Li seguono, armati alla leggera, gli Abissini, il cui incarnato vermiglio è simile al rame battuto. Una nube di Etiopi neri come l'ebano va avanti e indietro, conducendo cavalli e carrette, obbedendo a tutti e vegliando su tutto. Poi... ma a che serve questo racconto, se non vi degnate di ascoltarlo?».

«La regina dei Sabei!...» mormorava Adoniram «razza degenerata, ma di sangue puro e senza mescolanza... Che viene a fare a questa corte?».

«Non ve l'ho detto, Adoniram? Viene a vedere un gran re, a mettere alla prova la sua decantata saggezza... e forse a batterla in breccia. Si dice che voglia sposare Solimano Ben-Daud, e ne speri eredi degni della propria razza».

«Follia!» gridò l'artista impetuosamente «follia!... sangue di schiavo, sangue delle più vili creature... Solimano ne ha piene le vene! La leonessa è forse solita congiungersi al cane banale e domestico? Da secoli, da quando questo popolo sacrifica sulle sacre alture e si abbandona alle donne straniere, le generazioni imbastardite hanno perduto il vigore e l'energia degli avi. Cos'è questo pacifico Solimano? Il figlio di una di quelle ragazze che si accodano agli eserciti e dell'ex pastore Daud, e Daud nasceva da Ruth, donna leggera piombata un bel dì dal paese di Moab ai piedi di un agricoltore di Efrata. Ragazzo mio, del gran popolo che tu ammiri non resta che un'ombra; la razza guerriera si è spenta. Per questa nazione, giunta allo zenit, si avvicina la caduta. La pace li ha snervati, il lusso e la voluttà li inducono a preferire l'oro al ferro; questi furbi discepoli di un re acuto e sensuale ormai sono buoni solo a trafficare o a spargere l'usura nel mondo. E Balkis scenderebbe a questo sommo di ignominia, lei, figlia dei patriarchi! Dimmi, Benoni, sta per arrivare, vero?... Stasera stessa varca la soglia di Gerusalemme!».

«Domani è il giorno del Sabbat.[1] Fedele alla sua religione, si è rifiutata di entrare, dopo il calare del sole, nella città straniera. Ha dunque fatto alzare le tende in riva al Cedron e, nonostante le preghiere del re, che le ha reso visita circondato di pompa magnifica, pretende di passare la notte in campagna».

«La sua prudenza sia lodata! È ancora giovane?...».

«Al punto che sembra prematuro anche chia-

1. Saba o Sabbat – mattino. [Nerval si sbaglia: a indurlo in errore è l'espressione araba *sabbah el-khayr*, che significa «buon mattino». *Saba* è il nome proprio dello Yemen, *shabbat* in ebraico significa «riposo». *N.d.C.*].

marla giovane! La sua bellezza abbaglia. L'ho intravista come si intravede il sole che sorge, e presto brucia e fa abbassare le palpebre. Ognuno, vedendola, si è prosternato: io come gli altri. Rialzandomi, portavo in me la sua immagine. Ma, o Adoniram, scende la notte, e sento gli operai tornare in folla a cercare il salario: perché domani è il giorno del Sabbat».

Giunsero allora i numerosi capi degli artigiani. Adoniram pose guardiani all'ingresso delle officine, e aprendo le spaziose casseforti cominciò a pagare gli operai, che si presentavano a uno a uno mormorandogli all'orecchio una parola misteriosa; tale infatti era il loro numero che sarebbe stato arduo attribuire a ciascuno il salario cui aveva diritto.

Per questo, il giorno in cui venivano reclutati, ricevevano una parola d'ordine che non dovevano comunicare a nessuno, pena la morte, e in cambio prestavano giuramento solenne. I maestri avevano una loro parola, e gli operai un'altra, che a sua volta differiva da quella degli apprendisti.

Via via che passavano davanti ad Adoniram e ai suoi intendenti pronunciavano a voce bassa la parola sacramentale, e Adoniram dava loro salari diversi, secondo la gerarchia delle funzioni. Terminata la cerimonia alla luce di fiaccole di resina, Adoniram, deciso a trascorrere la notte nel segreto dei suoi lavori, congedò il giovane Benoni, spense la sua torcia e, raggiunti i laboratori sotterranei, sparì nelle profondità delle tenebre.

All'alba del giorno seguente Balkis, la regina del mattino, varcò insieme con il primo raggio di sole la porta orientale di Gerusalemme. Svegliati dal frastuono del seguito, gli Ebrei si facevano sulle porte, e gli operai seguivano il corteo acclamando fragorosamente. Mai si erano visti tanti cavalli, tanti cammelli, e una così ricca legione di elefanti bianchi condotti da un così numeroso sciame di Etiopi neri.

Attardato dall'interminabile cerimoniale prescritto dall'etichetta, il gran re Solimano finiva di indossare un abito sfolgorante e si svincolava a fatica dalle mani dei dignitari del guardaroba, quando Balkis pose piede nel vestibolo del palazzo, e vi penetrò dopo aver salutato il sole, che già si levava radioso dai monti di Galilea.

Ciambellani, con berretti a forma di torre, armati la mano di lunghi bastoni dorati, accolsero la regina e, rompendo l'indugio, la introdussero nella sala dove Solimano Ben-Daud era assiso, in mezzo alla corte, su un alto trono da cui si affrettò a scendere, con savia lentezza, per andare incontro all'augusta visitatrice.

I due sovrani si salutarono reciprocamente con tutta la venerazione che i re professano, e che amano ispirare, nei confronti della regalità; poi sedettero a fianco l'uno dell'altro, mentre sfilavano schiavi carichi dei doni della regina di Saba: oro, cinnamomo, mirra, incenso soprattutto, di cui lo Yemen faceva gran commercio; poi zanne di elefante e sacchetti di aromi e di pietre preziose. La regina offrì infine al monarca centoventi talenti d'oro fino.

Solimano era allora sul declinare dell'età; ma la felicità, serbando la sua espressione perennemente serena, aveva tenuto lontani dal viso le rughe e i tristi segni delle passioni profonde; le labbra luccicanti, gli occhi sporgenti, separati da un naso simile a una torre d'avorio, come lui stesso aveva detto per bocca della Sulamita, la fronte placida come quella di Serapide manifestavano la pace immutabile e l'ineffabile quiete di un monarca soddisfatto della sua grandezza. Solimano somigliava a una statua d'oro, con mani e maschera d'avorio.

La sua corona era d'oro, e d'oro l'abito; la porpora del mantello, dono di Hiram, principe di Tiro, era tessuta su una trama in filo d'oro; l'oro brillava sulla larga cintura e splendeva sull'impugnatura della spada; le calzature d'oro poggiavano su un tappeto guarnito di passamanerie dorate; di cedro dorato il trono.

Seduta al suo fianco la bianca figlia del mattino, avvolta in nubi di lino e in veli diafani, sembrava un giglio sperduto in un ciuffo di giunchiglie. Previdente civetteria, che le scuse per la modestia di quell'abbigliamento mattutino misero ancor più in risalto.

«La semplicità degli abiti» disse «conviene all'opulenza, e non disdice alla grandezza».

«Si addice alla beltà divina confidare nelle sue forze,» ribatté Solimano «e all'uomo cosciente della propria debolezza niente trascurare».

«Incantevole modestia, che rende ancora più radioso lo splendore dell'invincibile Solimano... l'Ecclesiaste, il saggio, l'arbitro dei re, l'im-

mortale autore delle sentenze del *Sir-Hasirim*, tenerissimo cantico d'amore... e di tanti altri fiori di poesia».
«Come! bella regina,» replicò Solimano arrossendo di piacere «avete dunque degnato di gettare lo sguardo su... su quelle deboli prove!».
«Siete un grande poeta!» esclamò la regina di Saba.
Solimano gonfiò il petto dorato, sollevò il braccio dorato e si accarezzò con compiacenza la barba d'ebano, spartita in molte treccioline, su un ordito di cordicelle d'oro.
«Un grande poeta!» ribadì Balkis. «Per questo si perdonano con un sorriso gli errori del moralista».
Questa imprevista conclusione allungò i lineamenti dell'augusto volto di Solimano, e produsse un movimento tra la folla dei cortigiani più vicini. Erano, costoro: Zubud, favorito del principe, tutto coperto di gemme; Sadoc, il sommo sacerdote, con il figlio Azarias, intendente di palazzo, assai superbo con gli inferiori; poi Ahia, Elioref, gran cancelliere, Giosafat, sovrintendente degli archivi... e un po' duro di orecchi. In piedi, vestito di scuro, stava Ahias di Silo, uomo integro, temuto a causa del genio profetico; temperamento, per il resto, sarcastico, freddo e taciturno. Vicinissimo al re, accovacciato sopra tre cuscini sovrapposti, il vecchio Banaias, pacifico generale in capo dei tranquilli eserciti del placido Solimano. Bardato di catene d'oro e di gioielli a forma di sole, curvo sotto il peso degli onori, Banaias era il semidio della

guerra. Un tempo il re lo aveva incaricato di uccidere Joab e il sommo sacerdote Abiatar, e Banaias li aveva pugnalati. Da quel giorno al saggio Solimano era sembrato tanto degno di fiducia che lo aveva incaricato di assassinare il fratello minore, il principe Adonias, figlio del re Daud... e Banaias aveva sgozzato il fratello del saggio Solimano.

Ora, addormentato nella gloria, appesantito dagli anni e quasi idiota, Banaias segue dovunque la corte; non ode niente, non capisce niente, e rianima i resti di una vita che viene meno scaldando il cuore ai lampi sorridenti che dal re si irraggiano sino a lui. Gli occhi annacquati cercano continuamente lo sguardo regale: l'antica lince predatrice di greggi si è fatta cane, in vecchiaia.

Quando dalle adorabili labbra Balkis ebbe lasciato cadere quelle parole pungenti, che costernarono la corte, Banaias, che non aveva capito niente, e accompagnava con un grido di ammirazione ogni parola del re o della sua ospite, solo in mezzo al silenzio generale esclamò, sorridendo benigno: « Incantevole! divino! ».

Solimano si morse le labbra e mormorò, rinunciando alle perifrasi: « Idiota! ».

« Ben detto! » proseguì Banaias, vedendo che il padrone aveva parlato.

La regina di Saba scoppiò a ridere.

Poi, con una tempestività che stupì tutti, scelse quel momento per presentare, uno dopo l'altro, tre enigmi alla celebre sagacia di Solimano, fra tutti i mortali il più abile nell'arte di indovinare rebus e sbrogliare sciarade. Tale era il costume delle corti: ci si occupava di scienza, allora... più tardi, a ragion veduta, vi si rinunciò; sciogliere enigmi era, a quei tempi, un affare di Stato; su quella base un principe o un savio venivano giudicati. Duecentosessanta leghe aveva percorso Balkis per sottoporre Solimano alla prova.

Solimano sciolse senza batter ciglio i tre enigmi, grazie al sommo sacerdote Sadoc che, la sera prima, aveva pagato in contanti la soluzione al sommo sacerdote dei Sabei.

«La saggezza parla per bocca vostra» disse la regina, non senza un po' di enfasi.

«Almeno è quanto molti suppongono...».

«Tuttavia, nobile Solimano, non si coltiva l'albero della sapienza senza pericolo: alla lunga si rischia di affezionarsi alla lode, di lusingare gli uomini perché si vuole piacere, e di inclinare al materialismo per ottenere il plauso della folla».

«Avete forse notato, nelle mie opere...».

«Ah! signore, vi ho letto con molta attenzione, e poiché desidero istruirmi, il progetto di ottenere chiarimenti intorno a certe oscurità, a certe contraddizioni, a certi... sofismi, che senza dubbio appaiono tali a me, solo a causa della mia ignoranza... questo desiderio non è estraneo agli scopi di un così lungo viaggio».

«Faremo del nostro meglio» scandì Solimano non senza sufficienza, mostrandosi pronto ad affrontare un avversario tanto insidioso.

In fondo avrebbe dato molto pur di andarsene, da solo, a fare una passeggiata sotto i sicomori della sua villa di Mello. Ingolositi da quello spettacolo stuzzicante, i cortigiani slungavano il collo e spalancavano gli occhi. Perdere l'infallibilità proprio davanti ai suoi sudditi: non c'era rischio peggiore! Sadoc sembrava allarmato; il profeta Ahias di Silo tratteneva a stento un vago, freddo sorriso; e Banaias, che giocherellava con le decorazioni, screditava in anticipo, con la sua sciocca gaiezza, il partito del re. Il seguito di Balkis era muto e imperturbabile, come una fila di sfingi. Altri vantaggi della regina di Saba: una maestà di dea, la malìa di una bellezza inebriante, un profilo di una purezza adorabile, su cui brilla un occhio nero come quello delle gazzelle, e così bene intagliato, così allungato, da offrire in ogni momento una visione frontale di sé a chi ne è trafitto, una bocca incerta tra riso e voluttà, e un corpo flessuoso, di una magnificenza che s'indovina attraverso un velo leggero; aggiungete l'espressione fine, canzonatoria, giocosamente altera delle persone di gran lignaggio avvezze al dominio, e capirete l'imbarazzo di re Solimano, interdetto e insieme affascinato, desideroso di vincere con lo spirito, già a metà vinto dal cuore. Quei grandi occhi neri e bianchi, misteriosi e dolci, calmi e penetranti, che recitavano la loro parte su un viso ardente e chiaro come il bronzo appena fuso, lo turbavano suo malgrado. Vedeva, viva al suo fianco, l'ideale, mistica figura della dea Iside.

Iniziarono allora, vivaci e accese, secondo l'uso del tempo, quelle dispute filosofiche di cui si parla nei libri degli Ebrei.

«Non consigliate forse» riprese la regina «l'egoismo e la durezza di cuore quando dite: "Se date garanzia per il vostro amico siete caduto in trappola; venga denudato chi si è impegnato per gli altri...". In un altro proverbio vantate la ricchezza e la potenza dell'oro...».
«Ma altrove celebro la povertà».
«Contraddizione. L'Ecclesiaste incita l'uomo al lavoro, biasima il pigro, e più avanti esclama: "Quale vantaggio trarrà l'uomo da tutte le sue fatiche? Non è forse meglio mangiare e bere?...". Nei Proverbi condannate la dissolutezza, e la lodate nell'Ecclesiaste...».
«Vi fate forse beffe di me?».
«No, sto citando... "Ho riscontrato che non c'è niente di meglio del dedicarsi ai piaceri e al bere; e che la laboriosità è una vana sollecitudine, perché gli uomini muoiono come le bestie, uguale è la loro sorte". Questa la vostra morale, o saggio!».
«Non sono che figure, il fondo della mia dottrina...».
«Eccolo, e altri, ahimè, l'avevano già trovato: "Godetevela con le donne ogni giorno della vostra vita, perché questa è la parte di lavoro che vi è toccata..." eccetera. Ci tornate spesso. Ne ho concluso che vi conviene rendere materialista il vostro popolo per governare più agevolmente degli schiavi».
Solimano era in grado di giustificarsi, ma con argomenti che non voleva esporre davanti al suo popolo, e si agitava impaziente sul trono.
«Infine,» proseguì Balkis con un sorriso condi-

to di un'occhiata languida «siete crudele con il nostro sesso: quale donna oserebbe amare l'austero Solimano?».
«Oh, regina! come la rugiada di primavera il mio cuore si è sparso sui fiori delle passioni amorose nel Cantico dello sposo!».
«Eccezione di cui la Sulamita può gloriarsi; ma il peso degli anni vi ha reso severo...».
Solimano trattenne una smorfia stizzita. «Prevedo» disse la regina «qualche parolina galante ed educata. Fate attenzione! l'Ecclesiaste vi udrà, e voi sapete cosa dice: "La donna è più amara della morte; il suo cuore è una trappola, le sue mani catene. Il servitore di Dio la fuggirà, e lo stolto sarà preso al laccio". Seguirete dunque massime tanto austere? e solo per l'infelicità delle figlie di Sion avrete ricevuto dai cieli la bellezza che voi stesso avete sinceramente descritto in questi termini: "Sono il fiore dei campi e il giglio delle valli!"».
«Regina, si tratta ancora di una figura...».
«O re, corrisponde alla mia opinione. Degnatevi di meditare le mie obiezioni, e rischiarate l'oscurità del mio giudizio, perché l'errore è senza dubbio dalla mia parte; del resto, non vi siete congratulato con la saggezza perché abita in voi? "La penetrazione del mio spirito" voi l'avete scritto "sarà riconosciuta; i più potenti saranno sorpresi quando mi vedranno, e sul volto dei principi si leggerà l'ammirazione. Quando tacerò, aspetteranno le mie parole; quando parlerò, mi guarderanno attentamente; e finché disquisirò, si copriranno la bocca con le mani".

Gran re, ho già sperimentato parte di queste verità: il vostro spirito mi ha incantato, la figura sorpreso, il mio viso testimonia certamente ai vostri occhi l'ammirazione che provo. Aspetto le vostre parole; mi vedranno attenta e, durante il vostro discorso, la serva vostra si coprirà la bocca con le mani».

«Signora,» disse Solimano con un profondo sospiro «cosa diviene il saggio vicino a voi? Da quando vi ascolta, l'Ecclesiaste oserebbe difendere uno solo dei suoi pensieri... pensiero dal cui peso la sua anima è gravata: Vanità delle vanità! tutto è vanità!».

La risposta del re fu ammirata. «A pedante, pedante e mezzo» pensava la regina. Oh, se fosse stato possibile guarirlo dalle sue fisime d'autore... Si era mantenuto dolce, affabile e assai ben conservato.

Quanto a Solimano, rimandata la replica, si sforzò di sviare il discorso dalla sua persona, verso la quale, sin lì, lo aveva spesso pilotato... «Vostra serenità» disse alla regina Balkis «ha portato con sé un bellissimo uccello, di una specie a me sconosciuta».

Ai piedi della regina, sei negretti vestiti di scarlatto erano addetti alla cura di quell'uccello, che non lasciava mai la sua padrona. Uno dei paggi lo teneva sul pugno, e la principessa di Saba lo guardava spesso.

«La chiamiamo Hud-Hud»[1] rispose. «Si dice che dei Malesi abbiano portato molto tempo fa

1. Uccello augurale presso gli Arabi.

il suo trisavolo – questo uccello è longevo – da un paese lontano che erano i soli ad aver sfiorato, e di cui non abbiamo più contezza. È un animale molto utile per diverse commissioni ad abitanti e spiriti dell'aria».

Solimano, senza intendere sino in fondo una spiegazione tanto semplice, assentì regalmente – i re hanno l'obbligo di capire tutto – e tese il pollice e l'indice per giocare con Hud-Hud; ma l'uccello, pur reagendo a quelle sollecitazioni, rendeva vani gli sforzi di Solimano per impadronirsi di lui.

«Hud-Hud è poetessa...» disse la regina «dunque degna della vostra simpatia... Tuttavia a volte è un po' sostenuta, come me, e come me ama fare la morale. Ci credereste se vi dicessi che è giunta a dubitare della vostra passione per la Sulamita?».

«Divino uccello, invero mi sorprendete!» replicò Solimano.

«Questa pastorale del Cantico è certo assai tenera, diceva un giorno Hud-Hud sgranocchiando uno scarabeo dorato; ma il gran re che indirizzava querule elegie a sua moglie, la figlia del Faraone, non le avrebbe dimostrato più amore vivendo con lei, invece di costringerla ad abitare lontano, nella città di Daud, ridotta ad addolcire i giorni di una giovinezza derelitta con delle strofe... in verità le più belle del mondo?».

«Di quante pene risvegliate in me la memoria! Ahimè! quella figlia della notte seguiva il culto di Iside... Potevo io, senza commettere un crimine, darle accesso alla città santa, farla vivere

vicino all'arca di Adonai e a questo tempio augusto, che innalzo al Dio dei miei padri?...».
«L'argomento è delicato» fece osservare ponderatamente Balkis. «Dovete scusare Hud-Hud... simili bestie alate sono talvolta leggere. La mia si picca di essere esperta, di poesia soprattutto».
«Veramente?» replicò Solimano Ben-Daud. «Sarei curioso di sapere che cosa...».
«Oh, signore, le sue sono critiche malevole, in fede mia! Hud-Hud biasima che voi paragoniate la bellezza della vostra amante a quella dei cavalli del carro dei Faraoni, il nome a olio spalmato, i capelli a greggi di capre, i denti a pecore tosate che portino nel grembo il loro frutto, le guance alla metà di una melagrana, le mammelle a due capretti, la testa al Monte Carmelo, l'ombelico a una coppa dove non manca mai liquore da bere, il ventre a un covone di frumento e il naso alla torre del Libano che guarda verso Damasco».
Solimano, ferito e scoraggiato, lasciò cadere le braccia dorate su quelle della sua poltrona, ugualmente dorate, mentre Hud-Hud, gonfiandosi tutta, batteva l'aria con le ali smaltate di verde e oro.
«All'uccello, che serve così bene la vostra inclinazione al sarcasmo, risponderò che il gusto orientale permette tali licenze, che la vera poesia cerca le immagini, che il mio popolo trova i miei versi eccellenti, e apprezza le metafore per la loro ricchezza...».
«Nulla è più pericoloso, per le nazioni, delle metafore dei re:» riprese la regina di Saba

«sfuggite al contesto di uno stile augusto, queste figure, troppo audaci forse, troveranno più imitatori che critici, e le vostre sublimi fantasie rischieranno di traviare il gusto dei poeti per diecimila anni. Istruita alla vostra scuola, la Sulamita non paragonava forse la vostra capigliatura ai rami delle palme, le vostre labbra a gigli che distillino la mirra, la vostra statura a quella del cedro, le vostre gambe a colonne di marmo e le guance, o signore, a piccole aiuole di fiori aromatici seminati dai profumieri? Così re Solimano si ostinava ad apparirmi come un peristilio con un giardino botanico sospeso su una trabeazione immersa nell'ombra di un palmeto».
Solimano sorrise con un po' di amarezza; sarebbe stato felice di torcere il collo all'upupa che, con strana insistenza, continuava a becchettarlo sul petto, proprio là dov'è il cuore.
«Hud-Hud si sforza di farvi capire che lì è la sorgente della poesia» disse la regina.
«Lo so sin troppo bene,» rispose il re «da quando ho il privilegio di contemplarvi. Ma lasciamo questo discorso; la mia regina farà al suo servo indegno l'onore di visitare Gerusalemme, il mio palazzo, e soprattutto il tempio che innalzo a Geova sulla montagna di Sion?».
«La fama di queste meraviglie è corsa per il mondo; la mia impazienza è pari al loro splendore e, per assecondarla come conviene, non ritarderò il piacere che conto di trarne».
Alla testa del corteo, che lentamente percorreva le vie di Gerusalemme, quarantadue timpani facevano udire il rotolio del tuono; dietro veniva-

no musici vestiti di abiti bianchi, diretti da Asaf e Iditmo; cinquantasei cembalisti, ventotto flautisti, altrettanti suonatori di salterio e citaristi, senza dimenticare le trombe, strumento che un tempo Giosuè aveva reso di moda sotto le mura di Gerico. Arrivavano poi, su tre file, i turiferari che, marciando a ritroso, facevano oscillare nell'aria incensieri in cui bruciavano i profumi dello Yemen. Quanto a Solimano e Balkis, si pavoneggiavano adagiati in un vasto palanchino portato da settanta Filistei prigionieri di guerra.

IL TEMPIO

La città era stata riedificata da poco per opera del magnifico Solimano, obbedendo a criteri urbanistici irreprensibili: strade diritte come una corda tirata, case quadrate tutte uguali, veri e propri alveari dall'aspetto monotono.
« In queste belle e larghe strade » disse la regina « il vento di mare, da niente impedito, spazzerà i passanti come fuscelli di paglia, e durante i grandi caldi il sole, non incontrando ostacoli, produrrà temperature da forno. A Mareb le strade sono strette, e pezze di stoffa tese da una casa all'altra, sopra la pubblica via, favoriscono la brezza, spandono ombra sul suolo, mantengono la frescura ».
« Tutto questo a danno della simmetria » rispose Solimano. « Ma eccoci giunti al peristilio del mio nuovo palazzo: tredici anni sono stati necessari per costruirlo ».
Il palazzo fu visitato e ottenne l'approvazione della regina di Saba, che lo trovò ricco, comodo, originale, di gusto squisito.
« Il progetto è sublime, » disse « la struttura mirabile; ne convengo; il palazzo dei miei antenati, gli Emiariti, costruito in stile indiano, con pilastri quadrati e capitelli ornati di figure, non raggiunge né l'ardimento né l'eleganza di questo. Il vostro architetto è un grande artista ».

«Sono io che ho dato gli ordini e che pago gli operai» esclamò orgogliosamente il re.
«Ma i piani chi li ha tracciati? quale genio ha così nobilmente realizzato le vostre intenzioni?».
«Un certo Adoniram, uomo bizzarro e semiselvaggio, che mi è stato inviato dal mio amico il re dei Tirî».
«Potrò vederlo, o signore?».
«Fugge la gente e si sottrae alle lodi. Ma cosa direte, o regina, quando avrete visitato il tempio di Adonai? Non è roba da artigiano, quella: io in persona ho ideato il progetto e indicato i materiali che si dovevano usare. Le concezioni di Adoniram erano limitate, in confronto alle mie poetiche immaginazioni. Il lavoro dura da cinque anni e ancora due saranno necessari perché l'opera sia compiuta».
«Vi basteranno dunque sette anni per alloggiare degnamente il vostro dio; ne sono occorsi tredici per un'abitazione che si addicesse al suo servitore».
«Non è questione di tempo» obiettò Solimano.
Balkis criticò il tempio almeno quanto aveva ammirato il palazzo.
«Avete voluto strafare,» disse «e l'artista ha avuto meno libertà. L'insieme è un po' pesante, sovraccarico di particolari... Troppo legno, cedro dovunque, travi sporgenti. Le fiancate rivestite di legno sembrano oppresse dal peso delle pietre collocate in alto: questo non dà all'occhio un'impressione di solidità».
«Ho voluto» obiettò il principe «preparare, at-

traverso un contrasto intrigante, agli splendori dell'interno».

«Gran Dio,» esclamò la regina giunta nel recinto «quante sculture! Ecco statue meravigliose, animali strani da cui ci si sente sovrastati. Chi ha fuso, chi ha cesellato queste meraviglie?».

«Adoniram: la scultura primeggia tra le sue capacità».

«Il suo genio è universale. E tuttavia, ecco qua cherubini troppo pesanti, troppo dorati, troppo grandi per questa sala, che ne risulta come schiacciata».

«Ho voluto io che fosse così: ognuno costa centoventi talenti. Lo vedete, o regina, qui tutto è d'oro, e l'oro è la cosa più preziosa. I cherubini sono d'oro; le colonne di cedro, dono del mio amico re Hiram, sono rivestite di lamine d'oro; c'è oro su tutte le pareti; queste mura d'oro accoglieranno palme d'oro e un fregio di melograni in oro massiccio, e su tramezzi dorati farò appendere duecento scudi d'oro puro. Altari, tavole, candelieri, vasi, pavimenti e soffitti, tutto sarà rivestito di lamine d'oro...».

«Sì, mi sembra che qui l'oro non faccia difetto» osservò pianamente la regina.

Il re Solimano proseguì:

«Esiste forse qualcosa di troppo splendido per il re degli uomini? Desidero stupire la posterità... Penetriamo ora nel santuario: manca ancora la copertura, ma già sono state poste le fondamenta dell'altare, davanti al mio trono, quasi terminato. Come vedete, sei sono i gradini; il sedile è d'avorio, sorretto da due leoni ai piedi dei quali sono accovacciati dodici leoncini. La doratura deve patinarsi; per il momento non è stato innalzato il baldacchino. Degnatevi comunque, o nobile principessa, di sedervi per prima su questo trono sin qui vergine, da cui potrete osservare l'insieme dei lavori. Unico inconveniente: sarete esposta ai raggi del sole, essendo il padiglione ancora scoperto».

La principessa sorrise e prese sul pugno l'uccello Hud-Hud, che i cortigiani contemplarono con molta curiosità.

Non v'è in tutto l'Oriente uccello più illustre e più rispettato. Non per la finezza del becco nero né per i pomelli scarlatti; non per la dolcezza degli occhi grigi e nocciola né per il superbo ciuffo di fini piume dorate che incorona la bella testa; non per la lunga coda nera come giaietto né per lo splendore delle ali verdi e dorate, ravvivate da strie e frange d'oro vivo, non per gli speroni rosa tenero né per le zampe porporine la vivace Hud-Hud era la beniamina della regina e dei suoi sudditi. Bella senza saperlo, fedele alla padrona, buona verso tutti quelli che la amavano, l'upupa brillava con la sua grazia ingenua senza voler abbagliare. La regina, già lo si è visto, consultava l'uccello nelle situazioni difficili.

Solimano, che voleva entrare nelle grazie di Hud-Hud, cercò a quel punto di attirarla sul pugno; ma l'uccello non lo assecondò. Con un lieve sorriso, Balkis chiamò a sé la favorita e sembrò mormorarle qualche parola... Pronta come

una freccia, Hud-Hud scomparve nell'azzurro dell'aria.
Poi la regina sedette; ognuno prese posto intorno a lei; per qualche istante si conversò quietamente; il principe spiegò all'ospite il progetto del mare di bronzo concepito da Adoniram, e la regina di Saba, colma di ammirazione, chiese di nuovo che quell'uomo le fosse presentato. Per ordine del re si cercò dappertutto il fosco Adoniram.
Mentre si correva attraverso fucine e laboratori, Balkis, che aveva fatto sedere il re di Gerusalemme vicino a lei, gli chiese come sarebbe stato decorato il baldacchino del trono.
« Sarà decorato come tutto il resto » rispose Solimano.
« Non temete che questa predilezione esclusiva per l'oro sembri una critica agli altri materiali creati da Adonai? e davvero pensate che niente al mondo sia più bello di quel metallo? Permettetemi di introdurre nel vostro piano un diversivo... di cui sarete giudice ».
Improvvisamente l'aria si offusca, il cielo si copre di punti neri che ingrossano via via che si avvicinano; nubi d'uccelli si lanciano sul tempio, si raggruppano, scendono a cerchi, si stringono gli uni agli altri, si distribuiscono sino a formare un fogliame tremante e splendido: ali spiegate compongono ricchi mazzi di verde, scarlatto, giaietto, azzurro. Sotto l'abile direzione dell'upupa, che va avanti e indietro tra la folla piumata, il vivente baldacchino si dispiega... Un albero incantevole si è formato sulla testa

dei due principi; ogni uccello è una foglia. Sconvolto, stregato, Solimano si vede al riparo dal sole sotto una tettoia animata, che freme, si sostiene battendo le ali, e proietta sul trono un'ombra spessa da cui emana, soave e dolce, un concerto di canti d'uccelli. Infine l'upupa, verso cui il re serbava ancora un po' di rancore, viene a posarsi, docile, ai piedi della regina.
« Che ne pensa il mio signore? » chiese Balkis.
« Ammirevole! » esclamò Solimano, sforzandosi di attirare l'upupa, che continuava ostinatamente a sfuggirgli; la regina seguiva con attenzione quelle manovre.
« Se questa fantasia non vi dispiace, » continuò Balkis « vi faccio omaggio con piacere del mio piccolo baldacchino di uccelli, a condizione che mi dispensiate dal farlo dorare. Quando vorrete chiamarli vi basterà rivolgere verso il sole il castone di questo anello... È un anello prezioso; l'ho avuto dai miei padri, e Sarahil, la mia nutrice, mi rimprovererà di avervelo dato ».
« Ah! grande regina, » esclamò Solimano, inginocchiandosi davanti a lei « siete degna di comandare agli uomini, ai re e agli elementi. Il cielo e la vostra bontà facciano sì che accettiate la metà di un trono ai cui piedi troverete il più sottomesso dei sudditi! ».
« La vostra proposta mi lusinga » disse Balkis. « Ne parleremo più tardi ».
Entrambi scesero dal trono seguiti dal corteggio di uccelli che si muoveva sopra di loro, baldacchino volante, disegnando figure ornamentali sempre nuove.

Quando si trovarono vicini al punto dove erano state poste le fondamenta dell'altare, la regina vide un enorme ceppo di vite divelto e buttato da parte. Il suo viso si fece pensieroso, ebbe un gesto di sorpresa, l'upupa lanciò grida querule, e la nube di uccelli si dissolse in un frullo d'ali.
L'occhio di Balkis era diventato severo; la sua figura maestosa sembrò ancora più alta, quando con voce grave e profetica esclamò: «Ignoranza e leggerezza degli uomini! Vanità dell'orgoglio!... Hai innalzato la tua gloria sulla tomba dei tuoi padri. Questo ceppo di vite, questo legno venerabile...».
«Regina, dava fastidio; lo si è strappato per far posto a un altare di porfido e di legno d'olivo, che sarà decorato da quattro serafini d'oro».
«Hai profanato, hai distrutto la prima vite... piantata un tempo dalla mano del padre della razza di Sem, il patriarca Noè».
«Possibile?» rispose Solimano, profondamente umiliato. «Come fate a saperlo?».
«Invece di credere che la grandezza sia sorgente della scienza, ho pensato il contrario, o re! e mi sono dedicata allo studio con fervore, come a una religione. Ascoltami, uomo accecato da un vano splendore: sai quale destino le potenze immortali riservano al pezzo di legno che la tua empietà condanna a morire?».
«Parlate».
«Sarà lo strumento di un supplizio; su quel legno verrà inchiodato l'ultimo principe della tua razza».

«Sia dunque fatto a pezzi, questo empio legno, e ridotto in cenere!».
«Insensato! Chi può cancellare quello che è scritto nel libro di Dio? E quale successo avrà la tua saggezza, se si sostituisce alla volontà suprema? Prosternati davanti a decreti che il tuo spirito materiale non può penetrare: solo quel supplizio salverà il tuo nome dall'oblio, e farà splendere sulla tua casa l'aureola di una gloria immortale...».
Invano il grande Solimano si sforzava di dissimulare il turbamento sotto un'apparenza divertita e ironica, quando dei servi arrivarono annunciando che finalmente era stato trovato Adoniram lo scultore.
Ben presto, preceduto dai clamori della folla, Adoniram apparve all'ingresso del tempio. Benoni accompagnava il suo maestro e amico, che avanzò, l'occhio ardente, la fronte corrucciata, un po' trasandato, come può esserlo un artista improvvisamente sottratto alle sue ispirazioni e ai suoi lavori. Nessuna traccia di curiosità svigoriva i tratti nobili e possenti della sua figura, che s'imponeva non tanto a causa dell'alta statura quanto per il carattere grave, audace e dominatore della bella fisionomia.
Fiero e sicuro di sé, esente da ogni eccesso tanto di familiarità quanto di superbia, Adoniram si fermò a pochi passi da Balkis, che non poté incrociare l'espressione penetrante di quello sguardo d'aquila senza provare un confuso sentimento di timidezza.
Ma l'involontario imbarazzo fu presto vinto;

una rapida riflessione sulla condizione di quel maestro operaio, in piedi, le braccia nude, il petto scoperto, la restituì a se stessa; sorrise del suo disagio, quasi lusingata di essersi sentita così giovane, e si degnò di parlare all'artigiano.
Egli rispose, e la sua voce colpì la regina come l'eco di un fuggevole ricordo; tuttavia non lo conosceva e non l'aveva mai visto.
Tale è il potere del genio, bellezza dell'anima; attira le altre anime, che non possono più ritrarsi. L'incontro con Adoniram fece dimenticare alla principessa dei Sabei tutto quello che la circondava; mentre l'artista, camminando a piccoli passi, mostrava i cantieri, a sua insaputa Balkis seguiva l'impulso da cui era mossa, come il re e la corte, che si muovevano a loro volta sulle tracce della divina principessa.
Quest'ultima non si stancava di far domande ad Adoniram sulle sue opere, sul suo paese, sulla sua origine.
«Signora,» rispose lui con un lieve imbarazzo, fissandola con occhi penetranti «ho viaggiato in molte contrade; la mia patria è dovunque splenda il sole; i miei primi anni sono trascorsi sulle vaste pendici del Libano, là dove si scopre Damasco lontana nella pianura. La natura e gli uomini hanno scolpito quelle regioni di montagna, irte di rocce minacciose e di rovine».
«Non nei deserti s'imparano i segreti delle arti in cui voi eccellete» osservò la regina.
«Ma è là che il pensiero s'innalza, che l'immaginazione si sveglia, e che a forza di meditazione s'impara a creare. La solitudine fu il mio pri-

mo maestro. Nei miei viaggi, poi, ne ho utilizzato le lezioni. Ho rivolto i miei sguardi ai ricordi del passato; ho contemplato i monumenti e fuggito la società degli uomini...».

«E perché, maestro?».

«Poca gioia dà la compagnia dei propri simili... e io mi sentivo solo».

Quella mescolanza di malinconia e grandezza commosse la regina, che abbassò gli occhi e restò pensierosa.

«Lo vedete,» proseguì Adoniram «non ho molto merito a praticare le arti, perché il mio apprendistato è avvenuto senza fatica. Ho incontrato i miei modelli in mezzo ai deserti; riproduco impressioni che ho ricevuto da quei resti ignorati, dalle figure terribili e grandiose degli dèi del mondo antico».

«Già più di una volta...» lo interruppe Solimano, con una fermezza che sino a quel momento la regina non gli aveva conosciuto «più di una volta, maestro, vi ho rimproverato, come tendenza idolatra, il culto fervente per i monumenti di una teogonia impura. Tenetevi i vostri pensieri, e che il bronzo o le pietre non ne rivelino al re le tracce».

Inchinandosi, Adoniram represse un sorriso amaro.

«Signore,» intervenne la regina, per consolarlo «il pensiero del maestro s'innalza certo sopra le considerazioni che possono turbare la coscienza dei vostri Leviti... Nella sua anima d'artista egli dice a se stesso che la bellezza rende gloria a Dio, e cerca il bello con ingenua devozione».

«D'altronde,» disse Adoniram «so forse io cosa furono ai loro tempi gli dèi morti e consegnati alla pietra dai geni del passato? Chi potrebbero turbare? Solimano, il re dei re, mi ha chiesto prodigi, e io mi sono dovuto ricordare che gli antenati del mondo lasciarono meraviglie».

«Se la vostra opera è bella e sublime,» aggiunse la regina con slancio «sarà anche ortodossa, e per essere ortodossi a loro volta i posteri vi copieranno».

«Grande regina, veramente grande, la vostra intelligenza è pura come la vostra bellezza».

«Quelle rovine» si affrettò a interromperlo Balkis «erano dunque tanto numerose, sulle pendici del Libano?».

«Città intere sepolte sotto un sudario di sabbia che il vento ora solleva e ora riabbassa; e ipogei che io solo conosco, scavati con fatica sovrumana... Lavorando per gli uccelli dell'aria e per le stelle del cielo, erravo senza meta, sbozzando figure sulle rocce e scolpendole a gran colpi là dove si trovavano. Un giorno... Ma forse sto abusando della pazienza di ascoltatori così augusti...».

«No, amo questi racconti...».

«Scossa dal mio martello, che faceva penetrare lo scalpello nelle viscere della roccia, la terra rimbombava sotto i miei passi, sonora e vuota. Armato di leva, faccio rotolare un blocco... che rivela l'ingresso di una caverna dove mi precipito. Si apriva nella pietra viva, sostenuta da enormi pilastri carichi di modanature e disegni bizzarri; dai capitelli partivano le nervature di arditissime volte. Tra le arcate di quella foresta pietrificata erano sparse legioni di figure colossali, immobili e sorridenti da milioni di anni, tutte diverse una dall'altra. Il loro aspetto infuse in me un terrore inebriante; uomini, giganti spariti dal nostro mondo, animali simbolici che appartenevano a specie estinte; insomma, tutte le magnificenze che il sogno, e un'immaginazione in delirio, appena oserebbero concepire!... Là ho vissuto mesi, anni, interrogando i fantasmi di una società morta, e là ho ricevuto la tradizione della mia arte, tra le meraviglie del genio primitivo».

«La fama di quelle opere senza nome è arrivata sino a noi» disse Solimano pensieroso. «Si dice che là, in quelle contrade maledette, sia possibile vedere le rovine dell'empia città sommersa dalle acque del diluvio, le vestigia della criminale Enochia... costruita dalla stirpe gigantesca di Tubal; la città della stirpe di Caino. Anatema su quell'arte sacrilega e tenebrosa! Il nostro nuovo tempio riflette la chiarezza del giorno; le sue linee sono semplici e pure; l'ordine e l'unità del progetto traducono, sin nello stile della dimora che innalzo all'Eterno, le certezze della nostra fede. Tale la nostra volontà, e quella di Adonai, che l'ha trasmessa a mio padre».

«Re,» esclamò aspro Adoniram «i tuoi piani sono stati seguiti nel loro insieme; Dio riconoscerà la tua sottomissione; ho voluto che il mondo fosse scosso anche dalla tua grandezza».

« Uomo industrioso e sottile, non tenterai il tuo re e signore. Con questo scopo hai fuso mostri, oggetto di ammirazione e spavento: idoli giganteschi, che contrastano con i modelli consacrati dal rito ebraico. Ma bada a te stesso: la forza di Adonai è con me, e la mia potenza offesa ridurrà Baal in polvere ».
« Siate clemente, o re, » riprese dolcemente la regina di Saba « verso l'artigiano che innalza un monumento alla vostra gloria. I secoli passano, il destino umano compie i suoi progressi, secondo i desideri del Creatore. Lo misconosce forse chi ne interpreta con nobiltà le opere? si deve ripetere eternamente la fredda immobilità delle figure ieratiche trasmesse dagli Egizi, lasciare, come loro, statue semisepolte in tombe di granito da cui non si possono liberare, e rappresentare geni schiavi incatenati dentro la pietra? O gran principe, quello che dobbiamo temere, come una pericolosa negazione, è l'idolatria dell'abitudine ».
Offeso dall'obiezione, ma soggiogato da un grazioso sorriso, Solimano lasciò che la regina rendesse un caldo omaggio all'uomo di genio che lui stesso ammirava, non senza dispetto, e che, di solito indifferente alla lode, sembrava ora, per la prima volta, inebriarsene.
I tre grandi personaggi si trovavano sul peristilio esterno del tempio – situato sopra un'alta piattaforma quadrangolare –, da cui si scopriva una campagna vasta, montagnosa, diseguale. Una densa folla copriva i campi lontani e i dintorni della città costruita da Daud (David). Per

contemplare la regina di Saba, da vicino o da lontano, l'intero popolo aveva invaso le adiacenze del palazzo e del tempio; i muratori avevano lasciato le cave di Gelboè, i carpentieri avevano disertato i loro lontani cantieri, i minatori erano risaliti alla superficie. Spargendosi tutt'intorno, di contrada in contrada, la fama della regina aveva messo in moto le popolazioni operaie, e le aveva sospinte verso il centro delle loro attività.

Donne, bambini, soldati, mercanti, operai, schiavi, quieti cittadini di Gerusalemme si erano mescolati, confusi; spianate e avvallamenti bastavano appena a contenere l'immenso assembramento; a più di un miglio di distanza l'occhio meravigliato della regina si posava su un mosaico di teste umane scaglionate ad anfiteatro sino alla linea dell'orizzonte. Alcune nuvole, intercettando qua e là il sole che inondava la scena, proiettavano su quel mare vivente chiazze d'ombra.

«I vostri popoli» disse la regina Balkis «sono più numerosi "dei grani di sabbia del mare"».

«Uomini di tutti i Paesi sono accorsi per vedervi; mi stupisce solo che il mondo intero non assedi oggi Gerusalemme! Grazie a voi le campagne sono spopolate, la città è abbandonata, e persino gli infaticabili operai di maestro Adoniram...».

«Veramente?» lo interruppe la principessa di Saba, che cercava un mezzo per rendere omaggio all'artista. «Operai come quelli di Adoniram altrove sarebbero maestri. Sono i soldati di

una milizia di artisti di cui Adoniram è il capo... Maestro, desideriamo passare in rassegna i vostri operai, congratularci con loro e rendervi omaggio in loro presenza».
A queste parole il saggio Solimano alza con stupore le braccia sopra la testa:
«Com'è possibile» esclama «riunire gli operai del tempio, dispersi nella festa, vagabondi sulle colline, confusi in mezzo alla folla? Grande è il loro numero: neppure alcune ore basterebbero a raggruppare tanti uomini di tutti i paesi, e che parlano lingue diverse, dall'idioma sanscrito dell'Himalaya sino ai dialetti oscuri e gutturali della selvaggia Libia».
«Non è così, o signore» disse con semplicità Adoniram. «La regina non domanderebbe una cosa impossibile; pochi minuti basteranno».
E, ciò detto, voltate le spalle al portico esterno, e usando come piedistallo un vicino blocco di granito, si gira verso la folla innumerevole, sulla quale lascia scorrere lo sguardo. Fa un segno: le onde di quel mare impallidiscono; tutti hanno alzato e rivolto verso di lui i chiari visi.
La folla è attenta, curiosa... Adoniram alza il braccio destro e, con la mano aperta, traccia nell'aria una linea orizzontale, e dalla sua metà fa cadere una perpendicolare, disegnando due angoli retti, quali li produce un filo a piombo sospeso a un regolo; segno che per i Siriani indica la lettera T, trasmessa ai Fenici dai popoli dell'India, che l'avevano chiamata *tha*; insegnata poi ai Greci, che la chiamano *tau*.
Indicando in questi antichi idiomi, per analogia

geroglifica, gli utensili del lavoro dei muratori, la figura T era un segno di adunata.
Appena Adoniram l'ha tracciata in aria, uno strano movimento si produce nella folla. Il mare umano s'increspa, si agita, diviso in onde sospinte in tutti i sensi, come se una tromba d'aria l'avesse repentinamente sconvolto. Dapprima è una confusione generale; tutti corrono in direzioni opposte. Presto gruppi si formano, s'ingrossano, si separano; tra l'uno e l'altro si creano vuoti; le legioni s'inquadrano; una parte della moltitudine viene respinta; migliaia di uomini, diretti da capi sconosciuti, si dispongono come un esercito in tre corpi principali, suddivisi in coorti distinte, fitte e profonde.
E mentre Solimano cerca di capire il magico potere di maestro Adoniram, l'esercito si mette in moto; centomila uomini allineati in pochi istanti avanzano in silenzio da tre parti contemporaneamente. I loro passi pesanti e regolari fanno rimbombare la campagna. Al centro si riconoscono i muratori e tutti quelli che lavorano la pietra: i maestri in prima fila, poi gli operai, e dietro di essi gli apprendisti. Alla loro destra, disposti secondo la stessa gerarchia, vengono carpentieri, falegnami, uomini della sega e della pialla; a sinistra, fonditori, cesellatori, fabbri, minatori, e tutti quelli che si dedicano all'industria dei metalli.
Sono più di centomila artigiani che si avvicinano, simili ad alte onde che invadano una riva...
Turbato, Solimano indietreggia di due o tre passi; si volta e non vede dietro di sé che il debo-

le e brillante seguito dei suoi preti e dei suoi cortigiani.
Tranquillo e sereno, Adoniram è in piedi vicino ai due monarchi. Stende il braccio; tutto si ferma; inchinandosi umilmente davanti alla regina, dice:
« I vostri ordini sono stati eseguiti ».
Poco mancò che non fosse la regina a inchinarsi davanti a quella potenza occulta, formidabile: tanto Adoniram le apparve sublime, nella sua forza e nella sua semplicità.
Si riprese tuttavia, e salutò con un gesto la milizia delle corporazioni riunite. Tolta dal collo una magnifica collana di perle dalla quale pendeva un sole di gemme inscritto in un triangolo d'oro, ornamento simbolico, sembrò offrirlo alle federazioni operaie; poi avanzò verso Adoniram che, piegandosi su di lei, sentì, fremendo, il dono prezioso scendere sulle spalle e sul petto a metà ignudo.
Un applauso immenso, immediato, partì dalle profondità della folla in risposta al gesto generoso della regina di Saba. Mentre la testa dell'artista era vicina al viso radioso e al seno palpitante della principessa, ella gli disse a voce bassa: « Maestro, vegliate su di voi, e siate prudente! ».
Adoniram alzò su di lei i grandi occhi abbagliati, e Balkis fu stupita dalla dolcezza penetrante di quello sguardo così fiero.
« Chi è dunque » fantasticava Solimano « questo mortale che è in grado di sottomettere gli uomini come la regina comanda agli abitanti

dell'aria?... Un segno della sua mano fa nascere eserciti... Il mio popolo è suo, e il mio dominio è ridotto a un misero gregge di cortigiani e di preti. Un movimento del sopracciglio lo farebbe re d'Israele».

Queste inquietudini gli impedirono di osservare il contegno di Balkis, che seguiva con gli occhi il vero capo di quella nazione, re dell'intelligenza e del genio, pacifico e paziente arbitro dei destini dell'eletto dal Signore.

Il ritorno al palazzo fu silenzioso; l'esistenza del popolo era stata da poco rivelata al saggio Solimano... che credeva di sapere tutto, e non l'aveva nemmeno immaginata. Battuto sul terreno delle sue dottrine; vinto due volte, dalla regina di Saba, obbedita dagli animali dell'aria, e da un artigiano obbedito dagli uomini, l'Ecclesiaste, intravedendo l'avvenire, meditava sul destino dei re e diceva: «Questi preti, un tempo miei precettori, oggi miei consiglieri, incaricati di insegnarmi tutto, mi hanno tutto dissimulato e mi hanno tenuta nascosta la mia ignoranza. Oh cieca fiducia dei re, o vanità della saggezza!... Vanità! Vanità!».

E mentre anche la regina si abbandonava alle proprie fantasticherie, Adoniram si dirigeva verso il laboratorio, appoggiandosi familiarmente all'allievo Benoni che, colmo d'entusiasmo, celebrava le grazie e lo spirito impareggiabile della regina Balkis.

Più silenzioso che mai, il maestro non parlava. Pallido, ansimante, di tanto in tanto tormentava il petto spazioso con la mano contratta. Tornato nel santuario dei suoi lavori, si chiuse, solo, gettò uno sguardo su una statua sbozzata, la trovò cattiva, la spezzò. Cadde infine sopraffatto su un banco di quercia, e, coprendosi la faccia con le mani, esclamò con voce soffocata: « O dea adorabile e funesta!... Ahimè, perché i miei occhi hanno dovuto vedere questa perla d'Arabia? ».

MELLO

È a Mello, villa collocata in cima a una collina da cui si dominava l'intera valle di Giosafat, che re Solimano aveva deciso di festeggiare la regina dei Sabei. In campagna l'ospitalità è meno formale: la freschezza delle acque, lo splendore dei giardini, l'ombra propizia dei sicomori, dei tamarindi, dei lauri, dei cipressi, delle acacie e dei terebinti inclinano i cuori a sentimenti più teneri. Solimano era compiaciuto di accogliere la regina in quella dimora campestre; di solito i sovrani preferiscono sequestrare i loro pari e godere della loro compagnia da soli, invece di esporsi, a fianco di rivali, ai commenti della gente della capitale.

La valle verdeggiante è disseminata di tombe bianche protette da pini e da palme; Mello è sulle prime pendici della valle di Giosafat.

Solimano disse a Balkis:

«Nessun soggetto di meditazione è più degno di un re che lo spettacolo della fine comune! Qui, vicino a voi, o regina, i piaceri e, forse, la felicità; laggiù, il niente, l'oblio».

«Contemplando la morte ci riposiamo dalle fatiche della vita».

«Oggi io la temo, signora; essa separa... vorrei non imparare troppo presto che può anche consolare».

Balkis gettò uno sguardo furtivo al suo ospite, e lo vide realmente commosso. Sfumato dal lume del crepuscolo, Solimano le sembrò bello.

Prima di penetrare nella sala del convito, gli augusti ospiti contemplarono la casa ai riflessi del tramonto, respirando il voluttuoso profumo di aranci che imbalsamava il lenzuolo della notte. L'aerea dimora è costruita secondo il gusto siriano. Sostenuta da una foresta di gracili colonnine, disegna contro il cielo torricelle traforate e padiglioni di cedro, rivestiti da legni lucenti. Le porte, aperte, lasciano intravedere tende di porpora tiria, divani indiani di seta, rosoni incrostati di pietre colorate, mobili in legno di limone e sandalo, vasi di Tebe, vasche di porfido o lapislazzulo traboccanti di fiori, treppiedi d'argento in cui bruciano aloe, mirra e benzoino, liane che abbracciano i pilastri e corrono capricciosamente lungo i muri: il tenero luogo sembra consacrato agli amori. Ma Balkis è saggia e prudente: la ragione è pronta a proteggerla dalle seduzioni e dagli incanti di Mello.

«È con timidezza che percorro con voi questo piccolo castello;» dice Solimano «da quando la vostra presenza lo onora, mi sembra meschino. Senza dubbio le ville degli Emiariti sono più ricche».

«Per la verità no; solo che nel nostro paese le colonnine leggere, le modanature traforate, le figurine, le torrette dentellate si costruiscono in marmo. Noi usiamo la pietra, voi il legno. Del resto i nostri antenati non hanno chiesto la gloria a vane fantasie. L'opera che hanno compiuto farà benedire eternamente il loro nome».

«Quale opera? Il racconto d'imprese egregie esalta i pensieri».

«Bisogna sapere che la felice e fertile regione dello Yemen era un tempo arida e infeconda. Il mio paese non ha ricevuto dal cielo acque che scorrano. I miei antenati hanno trionfato sulla natura, e creato un Eden in mezzo ai deserti».

«Regina, raccontatemi tali prodigi».

«Nel cuore delle alte catene di montagne che si levano a oriente dei miei Stati, e sul cui versante sorge la città di Mareb, serpeggiavano qua e là torrenti, ruscelli che o svaporavano nell'aria o si perdevano negli abissi o in fondo alle valli, prima di giungere alla pianura riarsa. Con un lavoro di due secoli i nostri antichi re sono riusciti a concentrare i corsi d'acqua su un altopiano che si estende per molte leghe; là hanno scavato il bacino di un lago sul quale oggi è possibile navigare come in un golfo. È stato necessario terrazzare la montagna impervia con contrafforti di granito più alti delle piramidi di Gizah, sostenuti da volte ciclopiche sotto cui possono agevolmente circolare eserciti di cavalieri e di elefanti. Questo immenso e inesauribile serbatoio si lancia in cascate d'argento negli acquedotti e nei larghi canali che, suddivisi in numerose conche, trasportano le acque attraverso la pianura e bagnano metà delle nostre provincie. A quest'opera sublime si devono le colture opulente, le industrie feconde, le frequenti praterie, gli alberi secolari e le fonde foreste che fanno la ricchezza e l'incanto del dolce paese dello Yemen. Tale, o signore, è il nostro mare di bronzo, senza nulla togliere al vostro, che è un'affascinante invenzione».

«Nobile concezione!» esclamò Solimano «e che sarei fiero di imitare se Dio, nella sua clemenza, non ci avesse concesso le acque abbondanti e benedette del Giordano».

«L'ho attraversato ieri a guado;» aggiunse la regina «l'acqua arrivava quasi ai ginocchi dei cammelli».

«È pericoloso rovesciare l'ordine della natura,» dichiarò il saggio «e creare, a dispetto di Geova, una civiltà artificiale, commerci, industrie, popolazioni subordinate alla durata di un'opera umana. La nostra Giudea, che è arida, non ha più abitanti di quanti ne possa nutrire; le arti che la fanno vivere sono il prodotto periodico del suolo e del clima. Quando il vostro lago, coppa cesellata nelle montagne, s'incrinerà, e le costruzioni ciclopiche crolleranno – un giorno questo accadrà –, i vostri popoli, privati del tributo delle acque, moriranno consunti dal sole e divorati dalla fame in mezzo a campagne artificiali».

Scossa dall'apparente profondità di quelle riflessioni, Balkis restò in silenzio, assorta.

«Sono certo» proseguì il re «che i ruscelli della montagna, da voi assoggettati, già scavano burroni e cercano di liberarsi dalle loro prigioni di pietra, che erodono senza tregua. La terra è soggetta a terremoti, il tempo sradica le rocce, l'acqua s'infiltra e fugge come le bisce. È stato possibile edificare il vostro magnifico bacino perché era vuoto; colmo, non può nemmeno essere riparato. O regina, i vostri antenati assegnarono ai loro popoli un avvenire limitato da un'effimera struttura di pietra. La sterilità avrebbe reso i vostri sudditi industriosi; avrebbero tratto partito dal suolo, su cui moriranno oziosi e smarriti, come le prime foglie degli alberi, il giorno in cui i canali smetteranno di vivificare le radici. Non bisogna tentare Dio, né correggere le sue opere. Quello che ha fatto, lo ha fatto bene».

«Questa massima» replicò la regina «viene dalla vostra religione, resa meschina dalle ombrose dottrine dei preti. Essi vogliono immobilizzare tutto, tenere la società in fasce e l'indipendenza umana sotto tutela. Dio ha forse arato e seminato i campi? Ha fondato città ed edificato palazzi? Ha messo alla portata delle nostre mani il ferro, l'oro, il rame e tutti i metalli che risplendono nel tempio di Solimano? No. Ha fatto dono alle sue creature del genio, dell'attività; i nostri sforzi lo allietano, e nelle nostre creazioni limitate riconosce una scintilla passata dalla sua anima nella nostra. Credendo geloso Dio, ne limitate l'onnipotenza: deificate le vostre facoltà e materializzate le sue. O re! i pregiudizi del vostro culto ostacoleranno un giorno i progressi delle scienze, lo slancio del genio, e quando gli uomini saranno diventati piccoli ridurranno Dio a loro immagine, e finiranno per negarlo».

«Sottile,» disse Solimano con un sorriso amaro «sottile ma specioso...».

La regina continuò:

«Non sospirate se il mio dito si posa sulla vostra ferita segreta. Siete solo, in questo reame, e ne soffrite: i vostri scopi sono nobili, audaci, ma la costituzione gerarchica di questa nazione vi tarpa le ali; dite a voi stesso: "Lascerò alla posterità il monumento di un re troppo grande per un popolo così piccolo!"; e non è abbastanza, per voi. Per quanto riguarda il mio impero è diverso... I miei antenati si sono cancellati per fare grandi i loro sudditi. Trentotto monarchi in successione hanno aggiunto qualche pietra al lago e agli acquedotti di Mareb; anche se le età future dimenticassero i loro nomi, quell'opera resterà, a gloria dei Sabei; e se un giorno crollasse, se la terra avara inghiottisse tutti i corsi d'acqua, il suolo della mia patria, reso fertile da mille anni di colture, continuerà a produrre; i grandi alberi che gettano ombra sulle nostre pianure tratterranno l'umidità, conserveranno la frescura, proteggeranno stagni e fontane; lo Yemen, strappato un tempo al deserto, conserverà sino alla fine dei secoli il dolce nome di Arabia Felice... Più libero, sareste stato grande per la gloria dei vostri popoli e per la felicità degli uomini».

«Capisco a quali aspirazioni chiamate la mia anima... Ma è tardi; il mio popolo è ricco: la conquista o l'oro gli procurano quello che la Giudea non produce; per quanto riguarda il legno da costruzione, la mia prudenza ha concluso trattati con il re di Tiro; cedri e pini del Libano riempiono i miei cantieri; le nostre navi rivaleggiano sui mari con quelle dei Fenici».

«Trovate un consolante surrogato della grandezza nella paterna sollecitudine della vostra amministrazione» disse la principessa, malinconica e amabile.
Questa riflessione fu seguita da un momento di silenzio; l'infittirsi delle tenebre nascondeva l'emozione impressa sul volto di Solimano, che mormorò dolcemente: «La mia anima è passata nella vostra; il mio cuore la segue».
Un po' turbata, Balkis si guardò intorno furtiva; i cortigiani si erano allontanati. Le stelle brillavano sulle loro teste come fiori d'oro disseminati tra il fogliame. Carica del profumo di gigli, di tuberose, di glicini e di mandragore, la brezza notturna modulava il suo canto tra i ramoscelli folti del mirto; il balsamo dei fiori aveva trovato una voce; il soffio del vento era un fiato odoroso; lontano gemevano colombe; il brusio delle acque accompagnava il concerto della natura; lucciole luminose, farfalle infuocate trascinavano nell'aria tiepida e piena di brividi voluttuosi i loro splendori verdognoli. La regina si sentì inebriata, illanguidita; la voce tenera di Solimano le entrava nel cuore; era prigioniera di un incantesimo.
Solimano le piaceva, oppure lo stava sognando, e gli attribuiva qualità che l'avrebbero indotta ad amarlo?... Da quando lo aveva costretto alla modestia si stava interessando a lui. Ma quella simpatia, sbocciata nel cuore di un quieto ragionare, mescolata a una dolce pietà, succeduta alla sua vittoria di donna, non era né spontanea né entusiasta. Padrona di se stessa come lo era

stata dei pensieri e delle impressioni del suo ospite, s'incamminava verso l'amore – ammesso che di questo si trattasse – per la via dell'amicizia, e questa via è così lunga!

Quanto a lui, soggiogato, abbagliato, sballottato tra dispetto e ammirazione, scoraggiamento e speranza, collera e desiderio, già era stato ferito più di una volta... e un uomo che ama troppo presto rischia di amare da solo. La regina di Saba era d'altronde così riservata! Si limitava a esercitare il suo ascendente su tutti, persino sul magnifico Solimano. Soltanto lo scultore Adoniram[1] l'aveva per un istante resa guardinga: non era riuscita a penetrarlo: la sua immaginazione aveva percepito un mistero; ma, seppure viva, era stata la curiosità di un momento, e si era senza dubbio dissolta. E tuttavia, vedendolo, quella donna forte per la prima volta aveva pensato: « Ecco un uomo ».

È dunque possibile che quella visione svanita, ma ancora recente, velasse ai suoi occhi i pregi di re Solimano. Il fatto che, un paio di volte, sul punto di parlare dell'artista, si fosse trattenuta e avesse cambiato argomento, sembrerebbe provarlo.

Sia come sia, il figlio di Daud prontamente s'infiammò; la regina vi era abituata; si affrettò

1. Adoniram si chiama anche Hiram, nome che le associazioni mistiche gli hanno conservato. *Adoni* è un titolo onorifico, significa maestro o signore. Non bisogna confondere questo Hiram col re di Tiro, che casualmente portava lo stesso nome.

a dire a Solimano che tutti si comportavano così, ma seppe dirlo con grazia; l'ora era propizia, Balkis in età di amare e, in virtù delle tenebre, curiosa e intenerita.

Delle torce vengono accese e arrossano le siepi; viene annunciata la cena. «Fastidioso contrattempo!» pensò il re.

«Opportuno diversivo!» pensava la regina...

La cena era stata servita in un padiglione costruito secondo il gusto esuberante e fantasmagorico dei popoli che abitano le rive del Gange. La sala ottagonale era illuminata da ceri colorati e lampade in cui bruciava nafta mista a profumi. Una luce schermata sgorgava tra i mazzi di fiori. Sulla soglia, Solimano offre la mano all'ospite, che allunga il piedino e con un gesto vivace lo tira indietro, sorpresa: il pavimento è coperto da uno strato d'acqua nel quale si specchiano tavolo, divani, candelieri.

«Perché vi fermate?» chiede Solimano, fingendo un'aria stupita.

Balkis vuole mostrarsi superiore alla paura: con gesto incantevole solleva l'abito e immerge il piede con decisione.

Ma il piede è respinto da una superficie solida.

«O regina, lo vedete,» dice il saggio «persino i più prudenti si ingannano quando giudicano dalle apparenze; ho voluto stupirvi, e finalmente ci sono riuscito... State camminando su un pavimento di cristallo».

Lei sorrise, facendo con le spalle un movimento dettato, più che dall'ammirazione, da una grazia naturale, e rimpianse, forse, di non essere stata stupita altrimenti.

Durante la cena il re fu galante e sollecito; lo circondavano i cortigiani, in mezzo ai quali regnava con tale incomparabile maestà che persino la regina provò deferenza. Rigida e solenne era l'etichetta, alla tavola di Solimano.

Le portate erano squisite e varie, ma oltremodo salate e ricche di spezie: mai Balkis aveva affrontato cibi così sapidi. Suppose che tale fosse il gusto degli Ebrei, e fu non poco sorpresa quando si accorse che costoro, abituati a sfidare sapori così pronunciati, si astenevano dal bere. Non un solo coppiere; non una goccia di vino né d'idromele; non una coppa sulla tavola.

Balkis aveva le labbra arse e la gola secca, ma il re non beveva, e lei non osò chiedere di bere: la dignità principesca lo impediva.

Terminato il pasto, i cortigiani si dispersero a poco a poco, e scomparvero nei recessi di una galleria in penombra. Presto la bella regina dei Sabei si trovò sola con Solimano che, più galante che mai, la guardava con occhi teneri e, da sollecito, stava diventando via via più incalzante.

Superando l'imbarazzo, la regina si alzò sorridente e, a occhi bassi, annunciò l'intenzione di ritirarsi. « Ma come! » esclamò Solimano « lascerete dunque il vostro umile schiavo senza una parola, senza una speranza, senza un pegno della vostra compassione? L'unione che ho sognato, la felicità senza la quale ormai non posso più vivere, quest'amore ardente e sottomesso che implora la sua ricompensa, oserete dunque calpestarli? ».

Senza sforzo aveva afferrato una mano che per un po' gli fu abbandonata; tuttavia la resistenza continuava. Certamente Balkis aveva pensato più di una volta a quell'unione, ma desiderava conservare la sua libertà e il suo potere. Insisté dunque per ritirarsi, e Solimano si vide costretto a cedere. « E sia, » disse « lasciatemi, ma metto due condizioni ».

« Parlate ».

« La notte è dolce e la vostra conversazione più dolce ancora. Mi accordate un'altra ora? ».

« Ve l'accordo ».

« In secondo luogo, andando via da qui non porterete con voi niente che mi appartenga ».

« Accordato! e di tutto cuore » rispose Balkis, con una gran risata.

« Ridete pure, mia regina; si sono viste persone molto ricche cedere alle tentazioni più bizzarre... ».

« Meraviglioso! con quanto ingegno difendete il vostro amor proprio. Nessun inganno, però: stipuliamo un trattato di pace ».

« Spero ancora che sia un armistizio... ».

Si riprese la conversazione, e Solimano si studiò, da uomo di mondo, di far parlare la regina il più possibile; un getto d'acqua che bisbigliava in fondo alla sala le faceva da sottofondo.

Troppo parlare nuoce quando si è mangiato senza bere e fatto onore a una cena troppo salata. La graziosa regina di Saba moriva di sete:

avrebbe dato una delle sue provincie per una patera di acqua viva.
Non osava tuttavia manifestare il suo ardente desiderio. E la fontana, chiara, fresca, argentina, beffarda, gorgogliava lì vicino, lanciando in aria perle che ricadevano nella vasca con rumore assai gaio. La sete cresceva: boccheggiante, la regina non resisteva più.
Continuando a parlare a un Solimano distratto e come intorpidito, si mise a camminare su e giù per la sala, e due volte, passando accanto alla fontana, si trattenne...
Il desiderio si fece irresistibile. Tornò indietro, rallentò il passo, controllò la situazione con un'occhiata e immerse furtivamente nell'acqua la bella mano ripiegata a forma di coppa; poi, voltandosi dall'altra parte, inghiottì avidamente un sorso d'acqua pura.
Solimano si alza, si avvicina, s'impadronisce della mano lucente e bagnata e, in tono insieme allegro e risoluto, dice:
« Una regina non ha che una parola e, sulla base della vostra, voi mi appartenete ».
« Sarebbe a dire? ».
« Mi avete sottratto dell'acqua... e come voi stessa avete giustamente notato, l'acqua è assai rara, nei miei Stati ».
« Ah, signore, è una trappola, e io non voglio uno sposo tanto astuto! ».
« Egli può solo provarvi che è anche generoso. Se vi rende la libertà, se nonostante questo impegno formale... ».
« Signore, » lo interruppe Balkis abbassando la

testa « dobbiamo dare ai nostri sudditi esempio di lealtà ».
« Signora, » rispose cadendo in ginocchio Solimano, il principe più cortese dei tempi passati e futuri « queste parole sono il vostro riscatto ».
Impetuosamente si rialzò e percosse un piccolo gong: venti servitori accorsero portando bibite rinfrescanti; li accompagnavano i cortigiani.
Maestoso, Solimano intimò ai servi:
« Presentate da bere alla vostra regina ».
A queste parole i cortigiani si prosternarono davanti alla regina di Saba, adoranti.
Ma lei, palpitante e confusa, temeva di essersi impegnata più di quanto avrebbe voluto.

IL MARE DI BRONZO

A forza di lavoro e di veglie maestro Adoniram aveva terminato i modelli e scavato nella sabbia stampi di figure colossali. Lo sterro era profondo; sbancata a regola d'arte, l'altura di Sion aveva ricevuto l'impronta del mare di bronzo. La colata doveva avvenire in loco. La cavità era saldamente puntellata da contrafforti in muratura, destinati a essere sostituiti, più tardi, nelle funzioni di sostegno, da leoni e da sfingi giganteschi. La copertura dello stampo di quella vasca enorme poggiava su barre d'oro massiccio che, in grado di resistere al bronzo fuso, erano disseminate qua e là. Il metallo liquido, invadendo per molti rivoli l'intercapedine, doveva imprigionare pali d'oro e far corpo con quelle aste refrattarie e preziose.

Sette volte il sole aveva fatto il giro del globo da quando il minerale greggio aveva cominciato a bollire nella fornace, sovrastata da un'alta e massiccia torre in laterizio che terminava, a sessanta cubiti dal suolo, con un cono aperto da cui sfuggivano turbini di fumo rossastro e fiamme blu marezzate di scintille.

Una fossa, scavata tra gli stampi e la base dell'altoforno, doveva servire da letto al fiume di fuoco, quando il momento fosse venuto di aprire con mazze di ferro le viscere del vulcano.

Per la grande colata fu scelta la notte, momento in cui un'operazione del genere può essere osservata in ogni particolare. Il bronzo, corrusco e incandescente, segnala il suo cammino. Se il metallo luminoso trama qualche insidia, se sfugge da una fessura o buca la roccia, le tenebre lo smascherano.
L'attesa della prova solenne, che doveva rendere immortale o screditare il nome di Adoniram, emozionava Gerusalemme. Da tutto il reame gli operai erano accorsi, abbandonando il lavoro; sin dal calare del sole, la sera prima della notte fatale, colline e montagne adiacenti erano gremite di curiosi.
Mai fonditore si era impegnato, di sua iniziativa, e nonostante i pareri contrari, in un'impresa così ardua. Le fusioni offrono uno spettacolo del più alto interesse; spesso, in occasione di grandi colate, re Solimano si era degnato di passare la notte in fucina, insieme ai cortigiani, che si disputavano l'onore di accompagnarlo.
Ma la fusione del mare di bronzo era un'opera gigantesca: una sfida del genio ai pregiudizi umani, alla natura, all'opinione degli esperti che, concordi, avevano giudicato il successo impossibile.
Persone di ogni età e paese, attirate dallo spettacolo di quella sfida, avevano invaso di buon'ora la collina di Sion, i cui accessi erano sorvegliati da legioni di operai. Muti drappelli pattugliavano la folla per mantenere l'ordine e impedire i rumori... compito facile perché, su ordine del re, si era, con squilli di tromba, pre-

scritto il silenzio più assoluto, pena la morte: precauzione indispensabile, se si voleva che gli ordini fossero trasmessi senza errore, e nel modo più rapido.

Già la stella della sera calava sul mare; arrossato da dense nuvole che riflettevano i bagliori del forno, il buio profondo annunciava vicino il momento. Seguito dai capi operai, Adoniram gettava, alla luce delle torce, un ultimo sguardo sui preparativi, accorrendo ora qua ora là. Sotto la vasta tettoia addossata alla fornace s'intravedevano i fabbri, coperti la testa con caschi di cuoio dalle larghe falde abbassate. Vestiti di lunghe tuniche bianche dalle maniche corte, con l'aiuto di lunghi uncini di ferro estraevano dalla bocca spalancata del forno masse pastose di schiuma per metà vetrificate, scorie che trascinavano lontano. Altri, appollaiati su ponti sostenuti da solide intelaiature, rovesciavano dall'alto ceste di carbone nel forno che ruggiva al soffio impetuoso degli apparecchi di ventilazione. Da tutte le parti nugoli di operai armati di picconi, pali o tenaglie correvano confusamente proiettando lunghi strascichi d'ombra. Erano quasi nudi: lembi di stoffa rigata cingevano i fianchi; le teste erano avviluppate in fasce di lana, le gambe protette da stecche di legno tenute insieme da corregge di cuoio. Anneriti dalla polvere di carbone, rossi per i riflessi della brace, apparivano in punti diversi, come demoni o spettri.

Una fanfara annunciò l'arrivo della corte: Solimano apparve con la regina di Saba e fu ricevuto da Adoniram, che lo accompagnò al trono improvvisato per i nobili ospiti. L'artista aveva indossato un pettorale di bufalo; un grembiule di lana candida gli scendeva sino ai ginocchi; le gambe nervose erano protette da uose in pelliccia di tigre; il piede, che poteva calpestare impunemente il metallo rovente, era ignudo.

«Eccovi nel pieno delle vostre attribuzioni,» disse Balkis al re degli operai «siete simile alla divinità del fuoco. Se la vostra impresa riesce, nessuno questa notte potrà dirsi più grande di maestro Adoniram!...».

L'artista, nonostante le preoccupazioni del momento, stava per rispondere, quando Solimano, saggio sempre, e qualche volta geloso, lo fermò:

«Maestro,» disse in tono di comando «non perdete tempo prezioso: tornate all'opera; che la vostra presenza qui non ci renda responsabili di un incidente».

Con un gesto la regina congedò Adoniram, che scomparve.

«Se riesce nella sua impresa,» pensava Solimano «di quale monumento magnifico onorerà il tempio di Adonai! Ma quale lustro aggiungerà a un potere già temibile».

Poco dopo videro di nuovo Adoniram davanti alla fornace. Il braciere, che lo illuminava dal basso, rendeva più imponente la sua statura e allungava la sua ombra sul muro al quale era appesa una lastra di bronzo. Il maestro la colpì con un martello di ferro. Venti furono i colpi. Le vibrazioni del metallo risuonarono in lontananza: il silenzio si fece ancora più profondo. Immediatamente, armati di leve e picconi, dieci fantasmi si slanciarono nella fossa scavata sotto il forno, proprio dirimpetto al trono. Rantolano i mantici, ed esalano l'ultimo soffio; non si odono ormai che colpi sordi: le punte di ferro penetrano nell'argilla calcinata che ottura l'orifizio da cui presto sgorgherà metallo liquido. Ed ecco che il punto sottoposto ad attacco diventa violetto, s'imporpora, s'infuoca, si fa più chiaro sino ad assumere una tinta aranciata; un punto bianco si disegna nel centro, e i manovali si ritirano, eccetto due che, sorvegliati da Adoniram, si sforzano di assottigliare, senza perforarla, la crosta intorno al punto luminoso... Ansioso, il maestro li osserva.

Durante questi preparativi il fedele e devoto compagno di Adoniram, il giovane Benoni, si aggirava tra i gruppi di operai, misurando lo zelo di ciascuno, controllando che gli ordini fossero eseguiti, e insomma valutando l'andamento da quello che vedeva.

Ora, accadde che questo giovane, correndo sgomento sino ai piedi di Solimano, si prosternasse e dicesse: « Signore, fate sospendere la colata, tutto è perduto, siamo traditi! ».

Avvicinarsi al principe senza autorizzazione era contrario all'uso; già le guardie si gettavano sul temerario; Solimano fece loro cenno di allontanarsi e, chinandosi su Benoni inginocchiato, mormorò: « Spiegati in poche parole ».

« Stavo facendo il giro del forno quando dietro il muro vidi un uomo immobile, che sembrava in attesa; un secondo arrivò, e a mezza voce disse al primo: "Vehmamiah!". Gli fu risposto: "Eliael!". Sopraggiunse un terzo che ripeté: "Vehmamiah!". La risposta fu ancora: "Eliael!". Poi il primo dei tre esclamò:

« "Ha asservito i carpentieri ai metallurghi".

« E il secondo: "Ha subordinato i muratori ai metallurghi".

« E il terzo: "Ha voluto regnare sui metallurghi".

« Di nuovo il primo: "Mette la sua forza al servizio di stranieri".

« Il secondo: "È un uomo senza patria".

« Il terzo aggiunse: "Giusto".

« Il primo parlò di nuovo: "Gli operai sono fratelli" disse.

« "Le corporazioni hanno uguali diritti" proseguì il secondo.

« "Giusto" il terzo confermò.

« Che il primo fosse muratore lo capii quando disse: "Ho mescolato calcare al laterizio, la calce diventerà polvere". Il secondo era carpentiere; disse: "Ho allungato la misura delle travi e la fiamma le raggiungerà". Il terzo era metallurgo; queste le sue parole: "Nel lago avvelenato di Gomorra ho raccolto lave di bitume e di zolfo e le ho gettate nella fusione".

« Proprio in quel momento una pioggia di scintille ha illuminato i visi. Il muratore è siriano e si chiama Phanor; il carpentiere è fenicio ed è conosciuto come Amru; il metallurgo è ebreo, della tribù di Ruben, e il suo nome è Metusael.

Gran re, sono volato ai vostri piedi: stendete lo scettro e interrompete l'opera».
«Troppo tardi;» disse Solimano meditabondo «il cratere si sta aprendo; taci, non turbare Adoniram, e dimmi ancora i tre nomi».
«Phanor, Amru, Metusael».
«Sia fatta la volontà di Dio!».
Benoni fissò il re, poi fuggì, rapido come il lampo. Intanto dalla bocca del forno, ancora per poco ostruita, la terra cotta cadeva sotto i colpi moltiplicati dei metallurghi; tanto sottile era il diaframma, e così luminoso, da sembrare il sole sorpreso nel suo profondo asilo notturno... A un cenno di Adoniram, gli addetti si allontanano e, mentre i martelli fanno rimbombare la lastra di bronzo, il maestro solleva un palo di ferro, l'affonda nella parete diafana, lo rigira nella piaga, lo ritira con violenza. Subito un torrente di liquido bianco si slancia con irruenza nel canale e avanza come un serpente d'oro striato di cristallo e di argento; lo accoglie un bacino scavato nella sabbia, all'uscita del quale il metallo si sperde e prosegue la corsa diviso in molti rivoli.
Una luce insanguinata, color di porpora, illumina, lungo le pendici, i visi di spettatori innumerevoli; filtrano, i bagliori, attraverso un'oscura nuvolaglia e arrossano creste di rocce lontane. Emersa dalle tenebre, Gerusalemme sembra in preda a un incendio. Un silenzio profondo dà al solenne spettacolo il carattere fantastico di un sogno.
Proprio mentre la colata stava iniziando, s'in-

travide un'ombra in movimento nei pressi del letto che la fusione avrebbe invaso. Un uomo si era gettato in avanti e, nonostante i divieti di Adoniram, osava attraversare la fossa destinata al fuoco. Vi aveva appena messo piede quando la fusione lo raggiunse e lo travolse; vi sparì dentro, in un baleno.

Adoniram non vede altro che la sua opera; sconvolto dal timore di una deflagrazione imminente, si slancia a rischio della vita e, armato di un uncino di ferro, lo affonda nel petto della vittima, la arpiona, la solleva e con forza sovrumana la butta, mucchio di scorie, sull'argine, dove il corpo luminoso spira e contemporaneamente si spegne... Non aveva nemmeno avuto il tempo di riconoscere il suo compagno, il fedele Benoni.

Il metallo fluisce, sfavillando, nelle cavità del mare di bronzo; il vasto contorno si disegna come un diadema d'oro sulla terra incupita; nugoli di operai immergono a turno grandi pentole e ramaioli profondi, che hanno per manici lunghi steli di ferro, nel bacino di fuoco liquido, e corrono qua e là a versare il metallo negli stampi destinati ai leoni, ai buoi, alle palme, ai cherubini, alle figure gigantesche che sosterranno l'opera. Stupefacente è la quantità di fuoco bevuta dalla terra; poggiati al suolo, i bassorilievi delineano le sagome chiare e vermiglie dei cavalli, dei tori alati, dei cinocefali, delle chimere mostruose partorite dal genio di Adoniram.

«Spettacolo sublime!» esclama la regina di Saba. « Oh, grandezza e potenza del genio di questo mortale, che sottomette gli elementi e doma la natura! ».

« Ancora non ha vinto » replicò Solimano con amarezza. « Solo Adonai può tutto ».

L'APPARIZIONE

Improvvisamente Adoniram si accorge che il fiume di metallo straripa; spalancata, la sorgente vomita torrenti; la sabbia crolla sotto il peso eccessivo; Adoniram guarda il mare di bronzo: lo stampo trabocca; al sommo si apre una fessura; la lava cola da tutte le parti. Così terribile il suo urlo da riempire la conca d'aria, e gli echi lo ripetono di montagna in montagna. Temendo che la terra surriscaldata si vetrifichi, Adoniram afferra un tubo flessibile collegato a una cisterna e, con un gesto impetuoso, dirige la colonna d'acqua alla base degli instabili contrafforti che sostengono lo stampo del bacino. Ma il metallo, dilagando, precipita sin là: i due liquidi si danno battaglia; una massa fusa avviluppa l'acqua, la imprigiona, la strangola. Nello sforzo di liberarsi, l'acqua si converte in vapore e fa esplodere ciò che la ostacola. Rimbomba una detonazione; il metallo fuso schizza in aria; getti luminosi si levano sino a venti cubiti d'altezza; sembra che si apra il cratere di un vulcano infuriato. Lo scoppio è seguito da pianti e grida spaventose; quella pioggia di stelle semina morte dovunque: ogni goccia di fusione è un dardo igneo che penetra nei corpi e uccide. La piazza è cosparsa di moribondi; al silenzio è subentrato un immenso urlo di paura. Il terrore è al colmo; tutti fuggono; lo spavento precipita nel fuoco chi dal fuoco è incalzato... Luminose, accecanti, purpuree, le campagne ricordano la notte terribile in cui Gomorra e Sodoma bruciavano, incendiate dai fulmini di Geova.

Smarrito, Adoniram corre qua e là per radunare gli operai e tappare la bocca all'inesauribile abisso; ma ode solo pianti e maledizioni; incontra solo cadaveri: il resto è svanito. Solo Solimano è rimasto, impassibile, sul trono; e la regina, calma, è al suo fianco. Continuano a far brillare, nelle tenebre, il diadema e lo scettro.

« Geova l'ha castigato!... » dice Solimano all'ospite « e punisce me con la morte dei miei sudditi, per la mia debolezza, per la mia condiscendenza davanti a un mostro d'orgoglio ».

« La vanità che immola tante vittime è un crimine » disse la regina. « Signore, questa infernale sciagura poteva uccidervi: il bronzo pioveva intorno a noi ».

« E voi mi eravate accanto! Quel vile seguace di Baal ha messo in pericolo una vita tanto preziosa! Andiamocene, regina; soltanto il pericolo corso da voi mi ha reso inquieto ».

Adoniram passava lì vicino, e udì; si allontanò, ruggendo di dolore. Più avanti scorse un gruppo di operai che lo coprivano di disprezzo, calunnie e maledizioni. Poi lo raggiunse il siriano Phanor, che gli disse: « Sei grande; la sorte ti ha tradito; ma i muratori non furono suoi complici ».

Amru, il fenicio, lo raggiunse a sua volta, e gli disse:
«Sei grande, e saresti vincitore se ognuno avesse fatto il suo dovere, come i carpentieri».
E l'ebreo Metusael disse:
«I metallurghi hanno fatto il loro dovere; ma operai stranieri hanno compromesso l'impresa con la loro imperizia. Coraggio! un'opera più grande ci vendicherà di questa sconfitta».
«Ah,» pensò Adoniram «ecco i miei amici, non ne ho trovati altri...».
Evitare gli incontri gli fu facile; tutti si allontanavano da lui; le tenebre proteggevano le diserzioni. Presto il bagliore dei bracieri e del metallo, la cui superficie, raffreddandosi, diventava di un rosso più intenso, illuminò soltanto gruppi lontani che a poco a poco dileguavano nell'ombra.
Adoniram, sconsolato, cercava Benoni.
«Anche lui mi abbandona...» mormorò con tristezza.
Il maestro era rimasto sull'orlo della fornace, solo.
«Disonorato!» esclamò amaramente. «Ecco il frutto di un'esistenza austera e laboriosa, votata alla gloria di un principe ingrato! Lui mi condanna, i miei fratelli mi rinnegano! E la regina, quella donna... era là, ha visto la mia vergogna, e io ho dovuto subire il suo disprezzo! Ma dov'è Benoni, in questo momento di sofferenza? Solo! sono solo e maledetto. Le porte del futuro si sono chiuse davanti a me. Sorridi, o Adoniram, alla tua liberazione, e cercala nel fuoco, il tuo elemento, il tuo schiavo ribelle!». Calmo e riso-

luto, avanza verso il fiume che continua a scorrere, onda infuocata di scorie e di metallo fuso, e a tratti emette schizzi e sfrigola a contatto con l'umidità. O forse quei trasalimenti sono dovuti al passaggio della lava sui cadaveri. Densi vortici di fumo fulvo o violetto si levano in spesse colonne che velano il teatro abbandonato della luttuosa avventura. Là quel gigante folgorato si lasciò cadere e, seduto sulla terra, sprofondò nella meditazione... fissi gli occhi sui turbini infuocati che minacciavano di avvolgerlo e di soffocarlo al primo soffio di vento.

Ed ecco forme strane, fuggevoli, lucenti delinearsi a tratti tra i brillanti e lugubri mulinelli del vapore igneo. Abbacinati, gli occhi di Adoniram intravedevano giganti diafani e, attraverso le loro membra, blocchi d'oro e gnomi che si dissipavano in fumo o si polverizzavano in nugoli di faville. Presto, tuttavia, quei fantasmi, che non riuscivano a lenire la disperazione, il dolore, s'impadronirono della sua delirante immaginazione. Gli sembrò che dal seno delle fiamme una voce grave si levasse rimbombando e pronunciasse il suo nome. Tre volte il vortice muggì il nome di Adoniram.

Intorno a lui, nessuno... Avidamente contempla quella turba fiammeggiante, e mormora: « La voce del popolo mi chiama! ».

Senza distogliere lo sguardo, si leva su un ginocchio, tende la mano e intravede al centro del fumo rosso una forma umana indistinta, colossale, che sembra ispessirsi nelle fiamme, coagularsi, poi disgregarsi e confondersi. Intorno, tutto si agita, tutto è fiamma... solo i contorni della figura si precisano, ora oscuri nel vapore luminoso, ora chiari e splendenti in un ammasso di vapori fuligginosi. La figura diventa più netta, acquista spessore, e ancora cresce; atterrito, Adoniram si chiede che cosa sia quel bronzo vivente che gli si avvicina.

Il fantasma avanza. Adoniram lo contempla con stupore. Il busto gigantesco è rivestito di una dalmatica senza maniche; ornano le braccia nude anelli di ferro; incornicia la bronzea testa una barba quadrata e arricciata, suddivisa in molte trecce... La testa è coperta da una mitria vermiglia; nella mano, un martello. I grandi occhi che brillano si abbassano su Adoniram dolcemente, e una voce che sembra strappata alle viscere del bronzo dice: « Riànimati; sollevati, figlio. Vieni, sono io. Ho visto i mali della mia razza, e ne ho avuto pietà ».

« Spirito, chi dunque sei? ».

« L'ombra del padre dei tuoi padri, l'antenato di quelli che lavorano e soffrono. Vieni; quando la mia mano avrà toccato la tua fronte, respirerai dentro il fuoco. Non avere paura, come non avesti debolezze... ».

Subito Adoniram si sentì avvolto da un calore penetrante che gli infondeva vita senza consumarlo; respirava un'aria più sottile; una forza invincibile lo trascinava verso il braciere, dentro il quale già si stava calando il suo misterioso compagno.

« Dove sono? Qual è il tuo nome? Dove mi porti? » mormorò.

«Al centro della terra... dov'è l'anima del mondo abitato; là s'innalza il palazzo sotterraneo di Enoch, nostro padre, che l'Egitto chiama Ermete, e l'Arabia onora sotto il nome di Edris».
«Potenze immortali!» esclamò Adoniram «o mio signore, è dunque vero? Voi sareste...».
«Il tuo antenato, uomo... e artista, il tuo maestro e il tuo patrono: io fui Tubal-Kain».
Più s'inoltravano nella regione fonda del silenzio e della notte, più Adoniram dubitava di sé e della realtà delle sue impressioni. Ma a poco a poco, dimenticando se stesso, si arrese al fascino dell'ignoto, e l'anima, dominata e in preda alla soggezione, si abbandonò tutt'intera alla guida misteriosa.
Era seguita, alle regioni umide e fredde, un'atmosfera tiepida, rarefatta; la vita interna della terra si manifestava con scosse e brontolii strani; colpi sordi, regolari, periodici, annunciavano vicino il cuore del mondo; Adoniram lo sentiva battere con forza crescente, e si stupiva del suo errare per spazi infiniti; cercava un sostegno, non lo trovava, e, senza vederla, seguiva l'ombra di Tubal-Kain, che manteneva il silenzio.
Dopo alcuni istanti, che gli parvero lunghi come la vita di un patriarca, scorse in lontananza un punto luminoso. Quella macchia divenne più grande, più grande, si avvicinò, acquistò profondità prospettica; l'artista intravide un mondo d'ombre agitate che si dedicavano a occupazioni che non capì. Infine quelle incerte

luci si fusero con la mitria splendente e la dalmatica del figlio di Caino.
Adoniram si sforzò invano di parlare: la voce gli moriva nel petto oppresso; riprese fiato scoprendosi in una larga galleria d'incommensurabile profondità; tanto larga che non se ne scorgevano le pareti; e le due file di colonne che si perdevano nell'aria sopra di lui erano così alte che non riusciva a vedere la volta che sostenevano.
Poi trasalì; Tubal-Kain parlava: « I tuoi piedi calpestano la gran pietra di smeraldo che serve da radice e perno alla montagna di Kaf; hai raggiunto il paese dei tuoi padri, dove regna incontrastata la stirpe di Caino. Sotto fortezze di granito, in caverne inaccessibili, abbiamo trovato finalmente la libertà. Qui non arriva la gelosa tirannia di Adonai; qui è possibile, senza morire, nutrirsi dei frutti dell'Albero della Scienza ».
Adoniram sospirò lungamente, dolcemente: il peso schiacciante, che l'aveva sino ad allora tenuto curvo, gli sembrava per la prima volta svanito.
Improvvisamente, la vita esplode: interi popoli appaiono, in quegli ipogei; il lavoro li anima, li agita: scoppiano gioiosi clangori metallici, misti a rumore di acque che sgorgano e a venti impetuosi. Illuminata, la volta si stende come un cielo immenso, da cui precipitano, su vasti e strani laboratori, torrenti di luce bianca azzurrata che, toccando il suolo, si tinge di tutti i colori dell'iride.
Adoniram attraversa una folla indaffarata in la-

vori di cui non coglie il senso; quello splendore, quella cupola celeste nelle viscere della terra lo riempie di meraviglia; si ferma. « È il santuario del fuoco; » gli dice Tubal-Kain « da qui arriva il calore della terra che, senza di noi, perirebbe di freddo. Noi prepariamo i metalli, noi li distribuiamo nelle vene del pianeta, dopo averne liquefatto i vapori.

« Incontrandosi e intrecciandosi sulle nostre teste, i filoni dei diversi elementi liberano spiriti contrari che s'infiammano e proiettano queste luci così vivide... accecanti per i tuoi occhi imperfetti. Gravitati dal fluire di quelle correnti, i sette metalli evaporano, formando nubi verdi, azzurre, porporine, dorate, vermiglie e argentee; navigando nello spazio esse riproducono le combinazioni che danno luogo alla maggior parte dei minerali e delle pietre preziose. Quando la cupola si raffredda, le nubi, condensandosi, fanno grandinare rubini, smeraldi, topazi, onici, turchesi, diamanti; le correnti che risalgono verso la terra li trasportano, insieme con ammassi di scorie: i graniti, le selci, i calcari che, sollevando la superficie del globo, la lavorano a sbalzo innalzando montagne. Avvicinandosi al regno degli uomini... e al fresco sole di Adonai, forno mancato incapace di cuocere persino un uovo, i materiali diventano solidi. Cosa sarebbe la vita dell'uomo se noi non gli trasmettessimo segretamente l'elemento del fuoco, imprigionato nelle pietre, e il ferro, adatto ad assorbirne la scintilla? ».

Quelle spiegazioni soddisfacevano Adoniram, e

lo colmavano di stupore. Si avvicinò agli operai: non capiva come potessero lavorare su quei fiori d'oro, d'argento, di rame, di ferro, separarli, convogliarli, filtrarli, come se fossero fluidi, ondosi.
« Gli elementi » rispose al suo pensiero Tubal-Kain « sono liquefatti dal calore centrale: qui, dove noi viviamo, la temperatura è circa il doppio di quella del forno dove hai liquefatto il tuo metallo ».
Sgomento, Adoniram si stupì di vivere.
« Questo calore » riprese Tubal-Kain « è la temperatura naturale delle anime che furono tratte dall'elemento del fuoco. Al centro dello stampo di terra con cui decise di fare l'uomo, Adonai pose una scintilla impercettibile; quella particella è bastata per scaldare il blocco, per animarlo e renderlo pensante. Ma, lassù, l'anima lotta contro il freddo: da questo derivano i limiti angusti delle vostre facoltà; poi, quando l'attrazione del fuoco centrale trascina via quella scintilla, voi morite ».
Così spiegata, la creazione provocò un moto di sdegno in Adoniram.
« Sì, » continuò la sua guida « è un dio più sottile che forte, e più geloso che generoso, il dio Adonai! Ha creato l'uomo dal fango a dispetto dei Geni del fuoco; ma questi hanno ugualmente accordato i loro favori alla triste creatura, e Adonai, spaventato dalla sua opera, l'ha condannata a morire, senza pietà per le sue lacrime. Ecco la causa del dissidio tra noi; procedendo dal fuoco, tutta la vita terrestre è attirata dal

fuoco che sta al Centro. Noi avevamo voluto che, reciprocamente, il fuoco centrale fosse attirato dalla circonferenza, e s'irraggiasse verso l'esterno: questo scambio di princìpi avrebbe significato una vita senza fine.

«Adonai, che regna negli spazi tra i mondi, murò la terra, e intercettò l'attrazione dall'esterno. Perciò la terra perirà, come i suoi abitanti. Già sta invecchiando; sempre più il freddo la penetra; intere specie di animali e di piante sono scomparse; le razze s'indeboliscono, la durata della vita si abbrevia; il midollo terrestre si congela e si prosciuga, e dei sette metalli primitivi la terra ne riceve ormai solo cinque.[1] Lo stesso sole impallidisce; dovrà spegnersi, tra cinque o sei migliaia di anni. Ma non sta a me solo, o figlio, rivelarti questi misteri: li udrai dalla bocca degli uomini che furono tuoi antenati».

1. Le tradizioni su cui sono fondate le diverse scene di questa leggenda non sono solo orientali. Il Medioevo europeo le ha conosciute. In proposito si consulti soprattutto l'*Histoire des Préadamites* di Lapeyrière, l'*Iter subterraneum* di Klimius, nonché un gran numero di scritti relativi alla Cabala e alla medicina spagirica. L'Oriente è ancora impregnato di quelle credenze. Nessuno dunque si stupisca delle bizzarre ipotesi scientifiche che questo racconto può contenere. La maggior parte di queste leggende s'incontrano anche nel Talmud, nei libri dei neoplatonici, nel Corano e nel Libro di Enoch, tradotto recentemente dall'arcivescovo di Canterbury. [Il *Nicolai Klimi iter subterraneum* è un racconto satirico dello scrittore danese Ludvig Holberg. *N.d.C.*].

IL MONDO SOTTERRANEO

Penetrarono insieme in un giardino rischiarato dal tenero lume di un fuoco dolce e popolato di alberi sconosciuti; il fogliame, formato di minuscole lingue di fuoco, proiettava non già ombre, ma macchie lucenti sul suolo di smeraldo, screziato da fiori di forma bizzarra e da colori di sorprendente vivezza. Sbocciati su un suolo metallico, quei fiori erano le emanazioni più fluide e più pure del fuoco interno. Arborescenti vegetazioni di metallo fiorito raggiavano simili a gemme, esalando profumi d'ambra, di benzoino, di mirra, d'incenso. Non lontano serpeggiavano ruscelli di nafta che irrigavano i cinabri, rose di quelle contrade sotterranee. Là passeggiavano alcuni vegliardi giganteschi, scolpiti da una natura che aveva travasato in loro la sua esuberanza e la sua forza. Sotto un baldacchino di luce infuocata Adoniram scoprì una fila di colossi seduti uno di fianco all'altro. Replicavano i sacri paramenti, le proporzioni sublimi e l'aspetto maestoso delle figure un tempo intraviste nelle caverne del Libano. Intuì che si trattava della dinastia scomparsa dei principi d'Enochia. Intorno a loro rivide, accovacciati, i cinocefali, i leoni alati, i grifoni, le sfingi sorridenti e misteriose, specie condannate, spazzate via dal diluvio, ma rese immortali dalla memoria degli uomini. Quegli schiavi androgini reggevano troni massicci, monumenti inerti, docili, e tuttavia animati.

Immobili come il riposo, i principi figli d'Adamo sembravano sognare e attendere.

Giunto all'ultimo dei dinasti, Adoniram continuò ad avanzare, dirigendo i passi verso un'enorme pietra quadrata, bianca come la neve... E già stava per poggiare il piede sull'incombustibile roccia d'amianto.

«Fermati!» esclamò Tubal-Kain «siamo sotto la montagna di Serendib; stai per calpestare la tomba dello sconosciuto, del primo nato della terra. Adamo dorme sotto questo sudario, che lo protegge dal fuoco. Si alzerà l'ultimo giorno del mondo; la sua tomba prigioniera contiene il prezzo del nostro riscatto. Ma ascolta: il nostro padre comune ti chiama».

Caino era accoccolato in una posizione scomoda; si alzò. La sua bellezza è sovrumana, l'occhio triste, le labbra esangui. È nudo; intorno alla testa pensosa si avvolge, in guisa di diadema, un serpente d'oro... L'uomo condannato a errare sembra ancora spossato.

«Che il sonno e la morte siano con te, figlio mio! Razza industriosa e oppressa, io sono la causa dei tuoi patimenti. Eva fu mia madre; Eblis, l'angelo della luce, insinuò nel mio petto la scintilla che mi anima e che ha rigenerato la mia razza. Adamo, impastato di fango e depositario di un'anima prigioniera, Adamo mi ha nutrito. Figlio degli Eloim,[1] amavo quell'abbozzo di Adonai, e ho messo al servizio degli uomini ignoranti e deboli lo spirito dei geni che mi abitano. Nutrii, nei suoi tardi anni, colui che mi aveva nutrito, e ho cullato l'infanzia di Abele... che chiamavano mio fratello. Ahimè! ahimè!

«Prima di insegnare alla terra il crimine, avevo conosciuto l'ingratitudine, l'ingiustizia e le amarezze che corrompono il cuore. Avevo lavorato senza sosta, strappato il nutrimento a un suolo avaro, inventato per la felicità degli uomini gli aratri che costringono la terra a produrre, e ricreato per loro l'abbondanza dell'Eden perduto; della mia vita avevo fatto un sacrificio. Oh, colmo d'iniquità! Adamo non mi amava! Eva ricordava di essere stata bandita dal Paradiso per avermi messo al mondo, e il suo cuore, chiuso dall'egoismo, era tutto per Abele che, sprezzante e viziato, mi considerava il servo di tutti; Adonai era dalla sua parte, cosa occorreva di più? Così, mentre io inondavo di sudore la terra di cui lui si sentiva re, Abele, superbo e blandito da ogni sorta di tenerezze, pasceva le greggi, sonnecchiando sotto i sicomori. Protestai; i nostri genitori invocano il giudizio di Dio; entrambi offriamo sacrifici. Il mio, che è di covoni di grano fatto da me germogliare, primizia dell'estate!, è disprezzato, respinto... Quel Dio

1. Gli Eloim sono genii primitivi che gli Egizi chiamavano *dèi ammoniani*. Secondo le tradizioni persiane, Adonai o Geova (il dio degli Ebrei) non era che uno degli Eloim.

geloso ha sempre rifiutato il genio inventivo e fecondo e ha concesso il potere e il diritto di opprimere a spiriti volgari. Sai il resto, ma ignori che il giudizio di Adonai, condannandomi alla sterilità, destinava in sposa al giovane Abele nostra sorella Aclinia, da cui ero amato. Fu questa la causa della prima guerra dei *djinn*, figli degli Eloim, nati dall'elemento del fuoco, contro i figli di Adonai, generati dal fango.

«Spensi la fiammella della vita in Abele... Più tardi Adamo ebbe discendenti da Set; per espiare il mio delitto, sono diventato il benefattore della stirpe di Adamo. Alla nostra razza, superiore alla loro, devono tutte le arti, le industrie, gli elementi della scienza. Vani sforzi! Istruendoli, noi li rendevamo liberi... Per Adonai il mio era un crimine senza perdono; non poteva assolvermi per aver infranto un vaso di argilla, lui che nelle acque del Diluvio ha annegato migliaia e migliaia di uomini! che, per decimarli, ha suscitato tanti tiranni!».

Allora la tomba d'Adamo parlò: «Sei stato tu» disse la voce profonda «a generare il crimine; Dio perseguita, nei miei figli, il sangue d'Eva, da cui nasci, e che hai versato. A causa tua Geova ha suscitato preti che hanno immolato uomini, e re che hanno immolato preti e soldati, e un giorno farà nascere imperatori che stermineranno popoli, preti e persino re. E la posterità delle nazioni dirà: "Sono i figli di Caino!"».

Prostrato, il figlio d'Eva si divincolò...

«Anche lui!» esclamò. «Non mi ha mai perdonato».

«Mai!» rispose la voce; e dalle profondità dell'abisso si udì ancora il gemito: «Abele, figlio mio, Abele, Abele!... Che cosa hai fatto di tuo fratello Abele?...».
Graffiandosi il petto, in preda a convulsioni disperate, Caino si rotolò sul suolo, che rimbombò...
È questo il supplizio di Caino, per avere versato sangue.
Toccato da rispetto, da amore, da compassione, da orrore, Adoniram volse altrove lo sguardo.
«E io cosa avevo fatto?» disse, scuotendo la testa sovrastata da un'alta tiara, il venerabile Enoch. «Gli uomini erravano come greggi. Insegnai loro a tagliare le pietre, a costruire gli edifici, a raccogliersi nelle città. Io per primo ho svelato loro il genio della vita associata. Avevo riunito dei bruti... e nella mia città di Enochia, le cui rovine meravigliano ancora le razze degenerate, lasciai una nazione. È grazie a me che Solimano può innalzare un tempio in onore di Adonai; ma questo tempio sarà la sua rovina, perché, o figlio, il Dio degli Ebrei ha riconosciuto l'impronta del mio genio nell'opera delle tue mani».
Adoniram contemplò quella grande ombra: Enoch aveva la lunga barba intrecciata; la sua tiara, ornata di fasce rosse e di una doppia fila di stelle, era sovrastata da una punta che terminava con un becco di avvoltoio. Due bende arricchite di frange ricadevano sui capelli e sulla tunica. Una mano impugnava un lungo scettro,

l'altra una squadra. La statura era colossale, superava quella di suo padre Caino. Vicino a lui stavano Irad e Maviael, avvolti la testa di bende disadorne. Anelli si arrotolavano intorno alle loro braccia: il primo aveva, un tempo, imprigionato le acque, il secondo squadrato il legno del cedro. Metusael aveva inventato i caratteri della scrittura, e lasciato i libri di cui s'impadronì poi Edris, che li seppellì sottoterra: i libri del Tau... Le spalle di Metusael erano coperte da un pallio ieratico; un parazonio gli pendeva dal fianco, e sulla cintura luminosa brillava in linee infuocate la T, simbolo di adunata per gli operai che discendono dai geni del fuoco.

Mentre Adoniram osservava l'espressione sorridente di Lamech, con le braccia nascoste sotto ali ripiegate, da cui fuoriuscivano due lunghe mani poggiate sulla testa di due fanciulli accovacciati lì accanto, Tubal-Kain, lasciato il suo protetto, aveva preso posto su un trono di ferro.

« Stai guardando il venerabile volto di mio padre » disse ad Adoniram. « Quelli di cui accarezza i capelli sono i figli di Ada: Jabel, che inventò le tende e insegnò a cucire la pelle dei cammelli, e Jubal, mio fratello, che per primo tese le corde della lira e dell'arpa, e seppe cavarne suoni ».

« Figlio di Lamech e di Sella, » Jubal rispose con voce armoniosa come i venti vespertini « sei tu il più grande dei tuoi fratelli; tu regni sui tuoi antenati. Da te procedono le arti della guerra e della pace. Tu hai concentrato i metalli, tu hai acceso la prima fucina; donando agli uomini oro, argento, rame e acciaio, hai piantato per loro un altro albero della scienza. Oro e ferro li innalzeranno al colmo del potere, e insieme saranno loro abbastanza funesti da vendicarci di Adonai. Onore a Tubal-Kain! ».

Un formidabile clamore rispose da ogni parte a quell'esclamazione, ripetuta in lontananza da legioni di gnomi, che ripresero il lavoro con ardore rinnovato. I martelli risuonarono sotto le volte delle eterne officine, e Adoniram... l'operaio avvertì, in quel mondo dove gli operai erano re, un'allegria e un orgoglio profondi.

« Figlio della razza degli Eloim, » gli disse Tubal-Kain « riprendi coraggio; nella servitù risiede la tua gloria. I tuoi antenati hanno reso potente l'industria umana e per questo la nostra razza è stata condannata. Per duemila anni ha combattuto; non siamo stati distrutti perché siamo di un'essenza immortale, ma siamo stati vinti, perché il sangue d'Eva era mescolato al nostro. I tuoi antenati, miei discendenti, furono salvati dalle acque del diluvio. Mentre Geova, che preparava la nostra distruzione, le accumulava nei serbatoi del cielo, ho chiamato il fuoco in aiuto e ho diretto le sue rapide correnti verso la superficie del globo. Per mio ordine, la fiamma ha dissolto le pietre e scavato lunghe gallerie adatte a servirci da rifugio. Queste vie sotterranee terminavano nella pianura di Gizeh, non lontano dalla riva dove sarebbe poi sorta la città di Menfi. Per difendere le gallerie dall'invasione delle acque ho radunato la razza dei giganti, e le nostre mani hanno innalzato un'immensa piramide che durerà sino alla fine del mondo. In quelle pietre cementate con bitume impenetrabile fu praticata un'unica apertura, uno stretto corridoio chiuso da una porticina che io stesso murai nell'ultimo giorno del mondo antico.

«Dimore sotterranee furono scavate nella roccia; per raggiungerle occorreva calarsi in un abisso; erano disposte lungo una bassa galleria che terminava nelle regioni umide, dove l'acqua era stata da me imprigionata in un grande fiume, in grado di dissetare uomini e greggi nascosti in quegli asili. Al di là del fiume avevo riunito, in un'ampia distesa illuminata dall'attrito dei metalli contrari, tutti gli alberi fruttiferi che si nutrono della terra.

«Là, al riparo delle acque, vissero i deboli resti della discendenza di Caino. Tutte le prove che avevamo subìto e sopportato dovemmo subirle di nuovo per rivedere la luce, quando le acque tornarono nel loro letto. I camminamenti sotterranei erano pericolosi, il clima interno sfibra. Fra andata e ritorno lasciammo in ogni regione qualche nostro compagno. Alla fine sopravvivemmo soltanto io e il figlio che mi aveva dato mia sorella Noema.

«Riaprii la piramide; vidi la terra. Com'era cambiata! Il deserto... animali rachitici, piante contorte, un sole pallido e senza calore, qua e là mucchi di fango infecondo su cui strisciavano rettili. Un vento glaciale, carico di miasmi infetti, entra nel mio petto e lo asciuga. Soffoco; lo espello... e subito torno a inspirarlo, per non morire. Un freddo veleno circola nelle mie vene; il mio vigore viene meno, le gambe si piegano, la notte mi circonda, un nero brivido s'impadronisce di me. Il clima della terra era cambiato: il suolo raffreddato non emanava più abbastanza calore da animare ciò che aveva fatto vivere, prima. Come un delfino strappato al seno dei mari e gettato sulla sabbia, sentii la mia agonia, e capii che la mia ora era venuta...

« Per un supremo istinto di conservazione volli fuggire e, tornato sotto la piramide, persi coscienza. La piramide fu la mia tomba. La mia anima, liberata e attirata dal fuoco interno, si ricongiunse a quelle dei miei padri. Mio figlio era appena adulto: stava crescendo ancora; poté vivere, ma la crescita si fermò.

« Errò, seguendo il destino della nostra razza, e la moglie di Cam,[1] secondo figlio di Noè, lo trovò più bello dei figli degli uomini. Lui la conobbe, e lei generò Kus, il padre di Nemrod, che insegnò ai suoi fratelli l'arte della caccia e fondò Babilonia. Quando intrapresero la costruzione dalla torre di Babele, Adonai riconobbe il sangue di Caino e tornò a perseguitarlo. La razza di Nemrod fu ancora una volta dispersa... Ma

1. Secondo una tradizione del Talmud, sarebbe stata la moglie di Noè a mescolare la razza dei genii con quella degli uomini, cedendo alla seduzione di uno spirito di quella razza. Si veda il *Comte de Gabalis* dell'abate de Villars.

sarà la voce di mio figlio a raccontarti la fine di questa storia dolorosa».

Inquieto, Adoniram si guardò intorno, cercando il figlio di Tubal-Kain.

«Non lo puoi più vedere,» riprese il principe degli spiriti del fuoco «l'anima di mio figlio è invisibile perché è morto dopo il Diluvio, e la sua forma corporale appartiene alla terra. Lo stesso vale per i suoi discendenti; tuo padre, Adoniram, sta errando nell'aria infuocata che respiri... Sì, tuo padre...».

«Tuo padre; sì, tuo padre...» ripeté come un'eco, ma con tenero accento, una voce che trascorse simile a un bacio sulla fronte di Adoniram.

E, volgendo la testa, l'artista pianse.

«Consolati,» disse Tubal-Kain «è più felice di me. Ti ha lasciato nella culla, e poiché il tuo corpo non appartiene ancora alla terra, ha la felicità di vedere la tua immagine. Ma presta attenzione alle parole di mio figlio».

Una voce parlò.

«Solo tra i genii mortali della nostra razza, ho visto il mondo prima e dopo il Diluvio e ho contemplato la faccia di Adonai. Speravo che da me nascesse un figlio. Il freddo vento della terra invecchiata mi opprimeva il petto. Una notte Dio mi apparve; il suo volto non può essere descritto.

«"Spera" mi disse.

«Privo d'esperienza, solo in un mondo sconosciuto, risposi timidamente:

«"Signore, io temo...".

«Continuò: "Questo timore sarà la tua salvezza. Tu devi morire. Il tuo nome sarà ignorato dai tuoi fratelli e senza eco nel tempo; da te nascerà un figlio che non vedrai. Da lui nasceranno esseri perduti tra la folla, come stelle che errano nel firmamento. Vieni da una stirpe di giganti, e io ho umiliato il tuo corpo; i tuoi discendenti nasceranno deboli; la loro vita sarà breve; avranno in sorte la solitudine. Ma resterà nel loro seno una preziosa scintilla dell'anima dei genii, e la loro grandezza sarà il loro supplizio. Superiori agli uomini, ne saranno i benefattori, e si vedranno disprezzati. Soltanto le loro tombe saranno onorate. Ignorati finché abiteranno la terra, conserveranno l'aspro sentimento della loro forza, che eserciteranno per la gloria di altri. Sensibili alle sventure dell'umanità, vorranno prevenirle, ma non riusciranno a farsi ascoltare. Sudditi di poteri mediocri e vili, non riusciranno a scuotere il giogo di tiranni spregevoli. Superiori per la loro anima, saranno trastullo dell'opulenza e della stupidità felice. Daranno fama ai popoli, ma, vivi, non ne avranno parte. Giganti dell'intelligenza, fiaccole del sapere, organi del progresso, luci delle arti e strumenti della libertà, saranno schiavi sino all'ultimo, e vivranno disprezzati e solitari. Cuori teneri, saranno straziati dall'invidia; anime energiche, saranno paralizzati per il bene... Non si riconosceranno tra loro".

«"Dio crudele!" gridai "almeno la loro vita sarà breve, e l'anima romperà i lacci del corpo!".

«"No, perché nutriranno la speranza, delusa

sempre e sempre rinnovata. Più spargeranno il sudore della fronte, più gli uomini saranno ingrati. Dispenseranno tutte le gioie e riceveranno tutti i dolori; il fardello delle fatiche di cui ho gravato la razza di Adamo peserà tutto sulle loro spalle; la miseria li seguirà, la famiglia sarà loro compagna nella fame. Docili o ribelli, verranno continuamente umiliati, lavoreranno per tutti e spenderanno invano genio, industriosità e forza delle braccia".

«Così parlò Geova. Il mio cuore ne fu spezzato; maledissi la notte che mi aveva reso padre e spirai».

La voce si spense, lasciando dietro di sé un lungo strascico di sospiri.

«Ora vedi, ora capisci» riprese Tubal-Kain. «Il nostro esempio ti è offerto. Genii benefici, autori della maggior parte delle conquiste intellettuali di cui l'uomo va fiero, siamo ai suoi occhi i maledetti, i demoni, gli spiriti del male. Figlio di Caino! accetta la tua sorte; sopportala con fronte imperturbabile, e che il dio vendicativo sia costernato dalla tua ostinazione. Sii grande davanti agli uomini e forte al nostro cospetto: ti ho visto vicino a soccombere, figlio mio, e ho voluto portare sostegno alla tua virtù. I genii del fuoco verranno in tuo aiuto; osa tutto: sei destinato a portare alla rovina Solimano, il fedele servitore di Adonai. Da te nascerà una stirpe di re che restaureranno sulla terra, di fronte a Geova, il culto negletto del fuoco, questo elemento sacro. Quando tu non sarai più tra i vivi, la milizia infaticabile degli operai si riunirà intorno al tuo nome: la falange dei lavoratori e dei pensatori umilierà un giorno la potenza cieca dei re, dispotici ministri di Adonai! Va', figlio mio, e compi il tuo destino...».

A queste parole Adoniram si sentì consolato; il giardino dei metalli, i fiori scintillanti, gli alberi di luce, i laboratori immensi e radiosi degli gnomi, i ruscelli splendenti d'oro, d'argento, di cadmio, di mercurio, di nafta si confusero sotto i suoi piedi in un largo solco di luce, in un rapido fiume di fuoco. Si rese conto di viaggiare nello spazio con la rapidità di una stella. Tutto a poco a poco si oscurò: il regno dei suoi avi gli apparve per un attimo come un pianeta immobile in mezzo a un cielo incupito, un vento fresco gli alitò sul viso, avvertì uno scuotimento, girò gli occhi intorno e si trovò disteso sulla sabbia, ai piedi della vasca del mare di bronzo, circondato da lava ormai a metà raffreddata, che tuttavia proiettava ancora, nelle brume della notte, uno splendore rossastro.

«Un sogno!» disse tra sé «era dunque un sogno? Infelice! La sola cosa vera è la fine delle mie speranze, la rovina dei miei progetti, il disonore che mi aspetta al sorgere del sole».

Ma la visione riapparve, così nitida che un dubbio contrario lo assale; meditabondo, alza gli occhi e riconosce davanti a sé l'ombra colossale di Tubal-Kain. «Genio del fuoco,» grida «riportami in fondo agli abissi. La terra nasconderà il mio obbrobrio».

«È così che segui i miei precetti?» rispose l'ombra in tono severo. «Basta vane parole; la notte sta per finire, presto l'occhio fiammeggiante di Adonai tornerà a perlustrare la terra; bisogna far presto.

« Mio debole figlio, come avrei potuto abbandonarti in un'ora così perigliosa? Non avere timore; i tuoi stampi sono colmi: la fusione, allargando improvvisamente l'orifizio del forno, murato con pietre troppo poco refrattarie, ha fatto irruzione, e il metallo è traboccato dagli orli dello stampo; hai creduto che fosse uno squarcio, hai perso la testa, hai gettato dell'acqua sul metallo fuso, sollevando spruzzi di gocce infuocate ».

« Ma come liberare gli orli della vasca dalle sbavature di metallo che vi aderiscono? ».

« Il metallo fuso è poroso e conduce il calore meno bene dell'acciaio. Prendi un pezzo di metallo fuso, scaldalo da un lato, raffreddalo dall'altro, e colpiscilo con un maglio: una fenditura separerà la parte calda dalla fredda. Così avviene anche con le terre e con i cristalli ».

« Maestro, vi ascolto ».

« Per Eblis! Intuire sarebbe meglio di ascoltare. La tua vasca ancora brucia; raffredda rapidamente il metallo sbavato oltre gli orli e separa le sbavature a colpi di martello ».

« Per questo sarebbe necessario un vigore che... ».

« Un martello basterà. Quello di Tubal-Kain ha aperto il cratere dell'Etna per dare sfogo alle scorie delle nostre officine ».

Adoniram udì un pezzo di ferro cadergli vicino; si chinò e raccolse un martello pesante, ma perfettamente bilanciato per la mano che lo impugnava. Avrebbe voluto esprimere la sua riconoscenza; ma l'ombra era sparita, e l'alba aveva cominciato a spegnere il fuoco delle stelle.

Un istante dopo gli uccelli, che si schiarivano la voce a preludio dei canti, volarono via al rumore del martello di Adoniram che moltiplicava i colpi sugli orli della vasca e turbava, lui solo, il profondo silenzio che precede la nascita del giorno.

IL LAVATOIO DI SILOE

Era l'ora in cui il Tabor proietta l'ombra mattutina sulla strada montuosa di Betania: poche nuvole bianche e diafane erravano nelle distese del cielo, addolcendo la chiarità del mattino; ancora la rugiada inazzurrava il tappeto dei prati; il mormorio della brezza tra le foglie accompagnava la canzone degli uccelli ai lati del sentiero di Moria; s'intravedevano in lontananza le tuniche di lino e gli abiti leggeri di una fila di donne che, attraversato il ponte sul Cedron, raggiunsero le rive di un ruscello alimentato dal lavatoio di Siloe. Le seguivano otto Nubiani che portavano un ricco palanchino e due cammelli dalle teste dondolanti, col loro carico.

La lettiga era vuota; sin dall'aurora la regina di Saba, accompagnata dalle ancelle, aveva lasciato le tende in cui, fuori dalle mura di Gerusalemme, si era ostinata a rimanere insieme al seguito, e ora, per meglio gustare il fresco incanto della campagna, aveva messo piede a terra.

Quasi tutte giovani e graziose, le donne al servizio di Balkis si recavano di buon mattino alla fontana per lavare la biancheria della padrona che, abbigliata nel modo più semplice, come se fosse una di loro, gaiamente le precedeva, avendo a fianco la nutrice; sui suoi passi tutta quella gioventù cinguettava a più non posso.

«Le vostre ragioni non mi convincono, figlia mia,» diceva la nutrice «questo matrimonio mi sembra una grave pazzia; e un errore si può scusare solo se dà piacere».

«Che austera morale! Se il savio Solimano vi udisse...».

«Non è più giovane; vi pare tanto savio a bramare la rosa dei Sabei?».

«Vuoi lusingarmi? Mia buona Sarahil, ti ci metti presto, stamani...».

«Non stuzzicate la mia severità ancora sonnacchiosa; altrimenti dirò...».

«E di'...».

«Che amate Solimano; e ve lo sareste meritato».

«Non so...» la giovane regina rispose ridendo «mi sono interrogata seriamente in proposito; è probabile che il re non mi sia indifferente».

«Se così fosse, non vi sareste esaminata su questo punto delicato con tanto scrupolo. No, state combinando un matrimonio... politico, e gettate fiori sull'arido sentiero della convenienza. Solimano ha reso i vostri Stati, e quelli di tutti i suoi vicini, tributari della sua potenza; voi sognate di liberarli scegliendovi un padrone, e contando di trasformarlo in uno schiavo. Ma fate attenzione...».

«Cosa posso temere? Mi adora».

«L'unica passione viva che professa ha per oggetto la sua nobile persona; i sentimenti verso la vostra non vanno oltre il desiderio dei sensi, che è la cosa più fragile. Solimano è calcolatore, ambizioso, freddo».

«Non è forse il più gran principe della terra, il più nobile rampollo della razza di Sem, dalla quale anch'io discendo? Trovami al mondo un principe più degno di assicurare successori alla dinastia degli Emiariti!».

«La stirpe degli Emiariti, nostri antenati, ha origini più alte di quanto crediate. Comandano forse i figli di Sem agli abitanti dell'aria?... Mi attengo alle predizioni degli oracoli: il vostro destino non si è compiuto, il segno dal quale riconoscerete lo sposo non è apparso, l'upupa non ha ancora interpretato la volontà delle potenze eterne che vi proteggono».

«La mia sorte dipenderà dunque dalla volontà di un uccello?».

«Di un uccello unico al mondo, dotato di un'intelligenza che non appartiene alle specie conosciute; la sua anima, mi ha detto il sommo sacerdote, è stata tratta dall'elemento del fuoco. Non è un animale terrestre: appartiene al mondo dei *djinn* (genii)».

«Una cosa è vera:» riprese Balkis «Solimano tenta inutilmente di ammansirlo; invano gli presenta la spalla o il pugno».

«Temo che l'upupa non vi si poserà mai. Gli animali, nell'epoca in cui erano sottomessi – le specie di allora sono ormai estinte –, non obbedivano agli uomini creati dal fango, ma solo alle figlie dell'aria e ai figli del fuoco... Solimano è della razza che Adonai formò con l'argilla».

«E tuttavia a me l'upupa obbedisce...».

Sarahil sorrise scuotendo la testa; principessa del sangue degli Emiariti, e congiunta dell'ulti-

mo re, la nutrice della regina aveva approfondito le scienze naturali: la prudenza gareggi ıva in lei con la discrezione e la bontà.
«Regina,» aggiunse «vi sono segreti superiori alla vostra età e che le ragazze del nostro casato non devono conoscere prima del matrimonio. Misteri che ignoreranno per sempre, se la passione le svia e le degrada; le persone volgari devono esserne eternamente escluse. Vi basti sapere che Hud-Hud, quest'upupa di chiara fama, riconoscerà per padrone soltanto lo sposo destinato alla principessa di Saba».
«Mi farete maledire questa tirannia piumata».
«Che forse vi salverà da un despota armato di gladio».
«Solimano ha avuto la mia parola, e a meno di attirare su di me un giusto corruccio... Sarahil, il dado è gettato; le scadenze si approssimano, e questa sera stessa...».
«Grande è la potenza degli Eloim (gli dèi)...» mormorò la nutrice.
Per interrompere quel dialogo, Balkis si volse altrove e si dedicò a raccogliere giacinti, mandragore, ciclamini che screziavano il verde del prato. L'upupa, che l'aveva seguita, svolazzava e saltellava civettuola intorno a lei, quasi la blandisse per farsi perdonare.
La sosta permise alle donne attardate di raggiungere la sovrana. Parlavano del tempio di Adonai, di cui si scorgevano le mura, e del mare di bronzo, da quattro giorni tema obbligato di tutte le conversazioni.
La regina s'impadronì dell'argomento; curio-

se, le donne del seguito la circondarono. Sopra le teste alti sicomori tracciavano arabeschi verdi su un fondo azzurro e fasciavano di ombre trasparenti quella turba graziosa.

«Mai vista una sorpresa come quella di ieri sera» diceva Balkis. «Persino Solimano non riusciva ad aprire bocca dallo stupore. Tre giorni prima, tutto era perduto; folgorato, maestro Adoniram precipitava tra le rovine della sua opera; smentita, la sua gloria dileguava ai nostri occhi insieme con torrenti di lava ribelle; l'artista era ripiombato nel nulla... Ora il suo nome vittorioso rimbomba sulle colline; gli operai hanno ammucchiato palme davanti alla soglia della sua casa e oggi egli è più grande che mai, in Israele».

«Il rumore del trionfo» disse una giovane sabea «è giunto sino alle nostre tende. Turbate dal ricordo della recente catastrofe, o regina, abbiamo tremato per la vostra vita. Le vostre ancelle però ignorano cosa sia accaduto».

«Senza aspettare che la colata si raffreddasse, Adoniram, così almeno mi hanno raccontato, riunì sin dal mattino gli operai scoraggiati. Lo circondavano i capi in rivolta; li calma con poche parole; gli operai si mettono all'opera e lavorano per tre giorni; tolgono gli stampi e accelerano così il raffreddamento della vasca, che tutti credevano squarciata. Un gran segreto circonda le loro intenzioni. Il terzo giorno, prima dell'aurora, innumerevoli operai sollevano i tori e i leoni di bronzo con leve ancora annerite dal calore del metallo. Quei blocchi massicci sono trascinati sotto la vasca e collocati con prodigiosa rapidità; isolato dai sostegni, libero, il mare incavato di bronzo si muove e si adagia sulle ventiquattro cariatidi; e mentre Gerusalemme continua a deplorare tante inutili spese, l'opera mirabile risplende davanti agli sguardi attoniti di quelli che l'hanno compiuta. Poi le barriere disposte dagli operai vengono abbattute; la folla si precipita; il clamore si propaga sino al palazzo. Solimano teme una sedizione; accorre, e io lo accompagno. Sui nostri passi si accalca una folla immensa. Ci accolgono centomila operai in delirio, incoronati di palme verdi. Solimano non può credere ai suoi occhi; la città intera innalza al cielo il nome di Adoniram».

«Che trionfo! E come deve essere felice!».

«Il suo genio è bizzarro... la sua anima profonda e misteriosa! Su mia richiesta, lo si chiama, lo si cerca, gli operai si precipitano in tutte le direzioni... inutilmente! Indifferente nella vittoria, Adoniram si nasconde; fugge le lodi; l'astro si è eclissato. "Andiamo," dice Solimano "il re del popolo ci ha in disgrazia". Ho lasciato quel campo di battaglia del genio con animo triste; il mio pensiero era colmo del ricordo di quel mortale, così grande per le sue opere, più grande ancora per la sua assenza in un simile momento».

«L'ho visto passare l'altro giorno,» riprese una vergine di Saba «la fiamma dei suoi occhi ha sfiorato le mie guance e le ha imporporate; ha la maestà di un re».

«La sua bellezza» proseguì una delle compagne

« è superiore a quella dei figli degli uomini. La statura è imponente e l'aspetto abbaglia. Così immagino gli dèi e i genii ».
« Più d'una fra voi, mi pare, volentieri unirebbe il suo destino a quello del nobile Adoniram... ».
« O regina! chi siamo noi davanti a un così alto personaggio? La sua anima abita nelle nubi; un cuore tanto fiero non si abbasserebbe sino a noi ».
Gelsomini in fiore sovrastati da terebinti e acacie e, in mezzo, rare palme dagli smorti capitelli inclinati circondavano il lavatoio di Siloe. Là crescevano maggiorana, iris grigie, timo, verbena, e la rosa ardente di Saaron. Sotto quei folti cespi stellati erano disseminate larghe panche secolari ai cui piedi gorgogliavano sorgenti d'acqua viva tributarie della fontana. Liane attorcigliate ai rami pavesavano quei luoghi destinati al riposo. Appii dai grappoli rossastri e profumati e glicini blu rampicavano in leggiadri festoni muschiati, sino alle cime degli alberi d'ebano pallidi e tremanti.
Arrivate nelle adiacenze della fontana, la regina di Saba e le sue compagne sorpresero, nel pieno di una meditazione, un uomo che, seduto sull'orlo del lavatoio, la mano abbandonata alle carezze dell'onda, si levò con l'intenzione di allontanarsi. Ma già Balkis gli stava dinanzi; distolto lo sguardo verso l'alto, l'uomo si scansò bruscamente.
Più rapida di lui, la regina gli si pose davanti.
« Maestro Adoniram, » disse « perché mi evitate? ».

«Non ho mai cercato la gente» rispose l'artista «e temo il volto dei re».
«Esso vi appare dunque, in questo momento, tanto terribile?» ribatté la regina con una dolcezza insinuante, che strappò uno sguardo al giovane uomo.
Quello che vide era ben poco rassicurante. La regina aveva deposto gli emblemi della regalità, ma la donna, nella semplicità dei suoi ornamenti mattutini, appariva anche più temibile. La piega di un lungo velo ondeggiante imprigionava i capelli; sollevato da una brezza curiosa, l'abito, bianco, diafano, lasciava intravedere un seno che sembrava modellato nel cavo di una coppa. Sotto quelle vesti semplici la giovinezza di Balkis appariva ancora più tenera e gaia, e il rispetto non frenava né l'ammirazione, né il desiderio. Quelle grazie inconsapevoli, e proprio per questo commoventi, il viso bambino, l'aria verginale trasmisero al cuore di Adoniram un'impressione nuova e profonda.
«Perché mi trattenete?» disse amaramente «i miei mali sono già sufficienti, per le mie forze. Potete offrirmi solo un supplemento di dolori. Il vostro spirito è leggero ed effimero il vostro favore, trappola che vi serve a tormentare in modo più crudele chi ne resta prigioniero... Addio regina, voi che dimenticate così presto, e non ne insegnate il segreto».
Dopo queste ultime parole, dette in tono malinconico, Adoniram gettò un'occhiata su Balkis, che si sentì dominata da un turbamento improvviso. Vivace per natura e abituata a esse-

re obbedita, non volle che lui la lasciasse; si armò di tutta la sua civetteria, e rispose: «Adoniram, voi siete un ingrato».
Era un uomo di carattere; non si arrese. «È vero: avrei torto a dimenticare che avete approfittato del momento in cui ero preda della disperazione per infierire su di me davanti al mio padrone, al mio nemico».
«Era là!...» mormorò la regina, vergognosa e contrita.
«La vostra vita era in pericolo; ero accorso per farvi da scudo».
«Tanta premura in mezzo a un pericolo così grande!» la principessa disse «e quale ricompensa!».
Candore e bontà costringevano la regina a essere intenerita; subiva lo sdegno di quel grand'uomo oltraggiato e sapeva di meritarlo; la ferita era in lei aperta e sanguinante.
«Per quel che riguarda Solimano Ben-Daud,» riprese lo scultore «della sua opinione poco mi importava: razza parassita, invidiosa e servile, mascherata dalla porpora... Il mio potere è al riparo dalle sue fantasie. E quanto agli altri, che vomitavano ingiurie, centomila stolti senza energia né virtù contano ai miei occhi meno di uno sciame di mosche che mi ronzi intorno... Ma voi, regina, voi che sola avevo isolato in quella folla, voi che la mia stima collocava così in alto!... Il mio cuore, quel cuore che fino ad allora niente aveva potuto scalfire, ne è stato lacerato, e non so rattristarmene... Ma la compagnia degli uomini mi è diventata odiosa. Niente

possono farmi lodi e oltraggi quando si succedono così rapidamente, e si mescolano sulle stesse labbra come assenzio e miele! ».

« Siete severo verso chi si pente: bisogna dunque implorare il vostro perdono, e non basta... ».

« No; è il successo che corteggiate: fossi a terra, il vostro calcagno schiaccerebbe la mia fronte ».

« Ora?... Vi rispondo no, mille volte no ».

« Ebbene! lasciate che mandi in frantumi la mia opera, che la mutili e attiri di nuovo l'obbrobrio sulla mia testa. Tornerò seguito dagli improperi della folla e, se i vostri pensieri continueranno a essermi fedeli, il giorno del disonore sarà il più bello della mia vita ».

« Fatelo, via, via! » esclamò Balkis con un impeto che non fece in tempo a frenare.

Adoniram non poté trattenere un urlo di gioia, e la regina intravide gli effetti di un impegno tanto rischioso. Adoniram le stava maestosamente davanti, non nell'abito ordinario degli operai, ma nel costume gerarchico proprio del rango che occupava alla testa del popolo dei lavoratori. La bianca tunica pieghettata intorno al busto, e stretta in vita da una larga cintura con passamanerie dorate, lo faceva apparire ancora più alto. Al braccio destro era avvinghiato un serpente d'acciaio, sulla cui cresta brillava un carbonchio. Coperta a metà da un copricapo conico da cui partivano due larghe strisce che ricadevano sul petto, la fronte sembrava sdegnare una corona.

Per un momento la regina, abbagliata e preda di un'illusione sul rango di quell'uomo audace,

si era lasciata soggiogare; poi rifletté e riuscì a trattenersi, ma non a vincere la strana soggezione da cui era stata dominata.
« Sedetevi, » disse « e torniamo a sentimenti più quieti, anche se il vostro spirito ombroso dovesse irritarsi; la vostra gloria mi è cara; non distruggete niente. Questo sacrificio, me l'avete offerto: per me è come se fosse stato consumato. Il mio onore ne sarebbe compromesso, e voi lo sapete, maestro, ormai la mia reputazione non può essere separata dalla dignità di re Solimano ».
« L'avevo dimenticato » mormorò l'artista con indifferenza. « Mi sembra di aver udito che la regina di Saba sposerà il discendente di un'avventuriera di Moab, il figlio del pastore Daud e di Betsabea, vedova adultera del centurione Uria. Ricco matrimonio... che certo rigenererà il sangue divino degli Emiariti ».
L'ira imporporò le gote della fanciulla: tanto più che la nutrice Sarahil, così contraria al progetto delle nozze con Solimano, esaurita l'assegnazione dei compiti alle donne del seguito, ora curve in fila sul lavatoio, aveva udito la risposta.
« Questa unione non ha dunque il consenso di Adoniram? » replicò Balkis con ostentata alterigia.
« Al contrario... e voi stessa potete constatarlo ».
« Come? ».
« Se mi spiacesse avrei già detronizzato Solimano, e voi lo trattereste come avete trattato me; non pensereste più a lui, perché non lo amate ».

« Cosa ve lo fa credere? ».
« Vi sentite superiore a lui; l'avete umiliato: non vi perdonerà; e dall'ostilità non nasce l'amore ».
« Tanta audacia... ».
« Si teme solo quello che si ama ».
La regina provò una voglia terribile di farsi temere.
Sino a quel momento si era rifiutata di credere che il re degli Ebrei, verso il quale si era comportata con tanta disinvoltura, in futuro avrebbe covato rancori; per persuaderla la nutrice aveva consumato la sua eloquenza. Ora l'obiezione le sembrava più fondata. Tornò in argomento con queste parole.
« Non si addice che ascolti le vostre insinuazioni contro il mio ospite, contro il mio... ».
Adoniram la interruppe.
« Regina, non amo gli uomini, io, e li conosco. Quello là l'ho frequentato per molti anni. Si veste da agnello, ma è una tigre cui i preti hanno messo la museruola, e che la rosicchia a poco a poco. Fino a oggi si è limitato a far assassinare suo fratello Adonias: non è granché... ma non ha altri parenti ».
« Si direbbe » intervenne Sarahil, gettando olio sul fuoco « che il maestro Adoniram sia geloso del re ».
Da qualche momento la donna lo stava osservando con attenzione.
« Signora, » replicò l'artista « se Solimano non fosse di una stirpe inferiore alla mia, forse abbasserei i miei occhi su di lui; ma la scelta della

regina mi insegna che non è nata per un altro...».
Sarahil sgranò gli occhi per la meraviglia e, stando alle spalle della regina, tracciò nell'aria, davanti all'artista, un segno mistico, che egli non capì, ma che lo fece trasalire.
«Regina,» esclamò Adoniram calcando ogni parola «l'indifferenza con cui avete accolto le mie accuse ha dissipato i miei dubbi; d'ora in avanti mi asterrò dall'influenzare il vostro giudizio su un re che nel vostro spirito non occupa alcun posto».
«Insomma, maestro, perché assillarmi così? Anche se non amassi Solimano...».
«Prima del nostro incontro» la interruppe con voce bassa e piena d'emozione l'artista «credevate di amarlo».
Sarahil si allontanò e la regina si volse altrove, confusa.
«Ah! di grazia, signora, basta con questi discorsi: sto attirando il fulmine sulla mia testa! Una parola, che vi sta sulle labbra, vuol dire per me vita o morte. Oh, non parlate! Ho usato tutte le mie forze per arrivare a questo momento supremo, e ora sono io ad allontanarlo. Lasciatemi nel dubbio; il mio coraggio è vinto, sto tremando. Occorre che mi prepari a questo sacrificio. Tanta grazia, tanta giovinezza e bellezza si irraggiano da voi, ahimè!... e io chi sono, ai vostri occhi? No, no, anche se così rinunciassi a una felicità... in cui non spero, trattenete il fiato che può far giungere al mio orecchio una parola che uccide. Questo debole cuore non ha mai

amato; la sua prima angoscia lo spezza, e mi sembra di essere prossimo a morire».
Balkis non era meno turbata; un colpo d'occhio furtivo su Adoniram le mostrò quell'uomo, così energico, potente e fiero, pallido, rispettoso, senza forza e con la morte sulle labbra. Era vittoriosa e commossa, felice e tremante; il mondo scomparve ai suoi occhi. «Ahimè,» balbettò quella figlia di re «anch'io non ho mai amato».
La voce morì senza che Adoniram, temendo di svegliarsi da un sogno, osasse rompere il silenzio.
Presto Sarahil si avvicinò, e tutti e due capirono di dover parlare, se non volevano tradirsi. L'upupa svolazzava qua e là intorno allo scultore, che la scelse ad argomento della conversazione. «Come sono luminose le piume di questo uccello!» disse con aria distratta. «Lo possedete da molto tempo?».
Fu Sarahil a rispondere, senza distogliere lo sguardo da Adoniram, lo scultore: «Questo uccello è l'unico discendente di una razza obbediente ai genii, che regnavano anche sugli altri abitanti dell'aria. Sopravvissuta, non si sa per quale prodigio, l'upupa obbedisce da tempo immemorabile ai principi Emiariti. Tramite suo, la regina può, quando vuole, radunare gli uccelli del cielo».
Quella confidenza produsse un effetto strano sul volto di Adoniram, che contemplò Balkis con un misto di gioia e di intenerimento.
«È un animale capriccioso» disse la regina.

« Inutilmente Solimano l'ha colmato di carezze e di ghiottonerie; l'upupa lo sfugge ostinatamente; non ha potuto ottenere che gli si posasse sul pugno ».
Adoniram rifletté per un istante, sembrò che un'ispirazione lo attraversasse, sorrise. Sarahil si fece ancora più attenta.
Adoniram si alza e pronuncia il nome dell'upupa che, appollaiata su di un cespuglio, resta immobile e lo guarda in tralice. Adoniram avanza di un passo, e traccia in aria il Tau misterioso; l'uccello, spiegando le ali, vola sopra la sua testa e si posa, docile, sul suo pugno.
« I miei sospetti erano fondati: » dice Sarahil « l'oracolo si è compiuto ».
« Ombre sacre dei miei antenati! Tubal-Kain, padre mio! dunque non mi avete ingannato! Balkis, spirito di luce, mia sorella, mia sposa, vi ho finalmente trovata. Unici sulla terra, voi e io, comandiamo a questo alato messaggero dei genii del fuoco, da cui discendiamo ».
« Dunque, signore, Adoniram sarebbe... ».
« L'ultimo rampollo di Kus, nipote di Tubal-Kain, da cui voi discendete attraverso Saba, fratello di Nemrod il cacciatore e trisavolo degli Emiariti... Il segreto della nostra origine deve restare celato ai figli di Sem, impastati nel fango della terra ».
« Devo inchinarmi davanti al mio padrone, » disse Balkis tendendogli la mano « poiché per decreto del destino non mi è permesso di accogliere altro amore che quello di Adoniram! ».
« Ah! » rispose lui, cadendo in ginocchio « dalla

sola Balkis io voglio ricevere un bene tanto prezioso! Il mio cuore ha preceduto il vostro, e sin dal momento in cui mi siete apparsa sono stato vostro schiavo».

Il colloquio sarebbe durato ancora a lungo se Sarahil, che possedeva la prudenza della sua età, non lo avesse interrotto con queste parole: «Rimandate le vostre tenere confessioni; molte difficoltà dovrete affrontare, e più di un pericolo vi minaccia. In virtù di Adonai i figli di Noè sono i padroni della terra, e il loro potere si estende sulle vostre esistenze mortali. Solimano è padrone assoluto nei suoi Stati, di cui i nostri sono tributari. I suoi eserciti sono potenti, il suo orgoglio immenso e Adonai lo protegge. Vi sono spie dappertutto. Cerchiamo il modo di fuggire da questa terra di pericolo e sino ad allora usiamo prudenza. Non dimenticate, figlia mia, che Solimano vi aspetta questa sera davanti all'altare di Sion... Venire meno all'impegno e rompere con lui vorrebbe dire irritarlo e svegliare i suoi sospetti. Domandate la proroga di un solo giorno, motivandola con l'apparizione di presagi contrari. Domani il sommo sacerdote vi fornirà un nuovo pretesto. Vi studierete di blandire l'impazienza del grande Solimano. Quanto a voi, Adoniram, lasciate quelle che sono ormai le vostre serve: il mattino avanza, e già il nuovo muro che sovrasta il lavatoio di Siloe si copre di soldati; il sole, che sta per raggiungerci, dirigerà i loro sguardi su di noi. Quando il disco della luna si aprirà un varco nel cielo sopra le pendici di Efraim, attraverserete il Cedron e vi avvicinerete al nostro accampamento, nel piccolo oliveto che maschera le tende agli abitanti delle due colline. Là, dopo molta riflessione, prenderemo la più saggia delle decisioni».

Si separarono a fatica: Balkis raggiunse il suo seguito, e Adoniram l'accompagnò con gli occhi sino a che scomparve tra le foglie degli oleandri.

I TRE OPERAI

Solimano e il sommo sacerdote degli Ebrei conversavano nel vestibolo del tempio.

« Certo che è necessario: » disse pieno di dispetto il pontefice Sadoc al suo re « per una nuova proroga non avete bisogno del mio consenso. Come celebrare un matrimonio, se la promessa sposa non c'è? ».

« Venerabile Sadoc, » replicò il principe con un sospiro « questi rinvii deludono e angustiano me più di voi, ma li sopporto con pazienza ».

« Tanto meglio; io però non sono innamorato » disse il levita passando la mano magra e pallida, percorsa da vene bluastre, sulla barba lunga, bianca e forcuta.

« Proprio per questo dovreste stare più calmo ».

« Ma via! » rispose Sadoc « da quattro giorni militari e leviti aspettano; gli olocausti offerti dai vostri sudditi sono pronti, e il fuoco brucia inutilmente sull'altare; ma ogni volta, arrivato il momento solenne, bisogna rimandare tutto. Preti e re sono alla mercé dei capricci di una donna straniera che inventa un pretesto dopo l'altro e si fa gioco della nostra credulità ».

Indossare inutilmente ogni giorno i paramenti pontificali, e poi toglierli, senza aver potuto mostrare, alla corte sabea, quanto fossero brillanti e ieratiche le cerimonie d'Israele: tutto questo era umiliante per il sommo sacerdote. Agitato, portava avanti e indietro nel vestibolo interno del tempio i suoi splendidi paramenti, davanti a un avvilito Solimano.

Per l'augusta cerimonia Sadoc aveva indossato l'abito di lino, la cintola ricamata e l'efod aperto su entrambe le spalle: tunica immersa due volte in bagni d'oro, di giacinto e di scarlatto, sulla quale brillavano due onici che portavano, incisi da un lapidario, i nomi delle dodici tribù. Sospeso a nastri del colore del giacinto e ad anelli d'oro cesellato, il razionale brillava sul petto; era quadrato, lungo un palmo e orlato da una prima fila di sardoni, topazi e smeraldi; da una seconda di carbonchi, zaffiri e diaspri; da una terza di ligùri, ametiste e agate; da una quarta di crisoliti, onici e berilli. La tunica dell'efod, di un viola chiaro e aperta nel mezzo, era orlata da nappine colore del giacinto e della porpora alternate con campanellini d'oro fino. La fronte del pontefice era cinta da una tiara, che terminava a mezzaluna, e da una benda di lino ricamata di perle, sulla cui parte anteriore splendeva, fermata da un nastro colore del giacinto, una lamina d'oro brunito che portava incise le parole: ADONAI È SANTO.

Erano necessari due ore e sei servitori per abbigliare Sadoc con le vesti cerimoniali, tenuti insieme da catenelle, da nodi mistici e da fibbie preziose. Quel costume era sacro; non lo potevano toccare che i leviti; Adonai stesso ne aveva dettato il disegno al suo servitore Musa Ben-Amran (Mosè).

Da quattro giorni gli ornamenti pontificali del successore di Melchisedec ricevevano un affronto quotidiano sulle spalle del rispettabile Sadoc, il cui malumore era acuito dal dover consacrare, suo malgrado, le nozze di Solimano con la regina di Saba.

L'unione gli sembrava pericolosa per la religione degli Ebrei e per la potenza del sacerdozio. La regina Balkis era istruita... A giudizio di Sadoc, i preti sabei le avevano permesso di conoscere troppe cose che un sovrano educato con prudenza dovrebbe ignorare; l'influenza di una regina versata nell'arte difficile di comandare agli uccelli lo rendeva sospettoso. I matrimoni misti, che espongono la fede agli attacchi permanenti di un coniuge scettico, non erano mai piaciuti ai pontefici. E Sadoc, che a fatica aveva moderato in Solimano l'ambizione di sapere persuadendolo che non aveva più niente da imparare, temeva che il monarca si accorgesse di quante cose ancora ignorava.

Timore giudizioso, perché Solimano stava già riflettendo, e trovava i suoi ministri meno sottili e più dispotici di quelli della regina. La fiducia del figlio di Daud era scossa; da qualche giorno aveva dei segreti, per Sadoc, e non lo consultava più. Nei Paesi in cui la religione è subordinata ai preti, sino a identificarsi con la loro persona, quando un pontefice sbaglia, e ogni mortale è fallibile, la fede crolla con lui: è questo l'aspetto irritante. Dio stesso si eclissa, insieme col suo orgoglioso e funesto sostegno.

Circospetto, ombroso, ma poco intelligente,

Sadoc aveva mantenuto la sua autorità senza fatica. La sua fortuna era di avere poche idee. Adattava l'interpretazione della Legge alle passioni del principe, che giustificava in ogni caso, con una compiacenza dogmatica e abbietta, ma formalmente puntigliosa; per questo Solimano sopportava il giogo docilmente... E pensare che una ragazza dello Yemen e un maledetto uccello rischiavano di rovesciare l'edificio di un'educazione tanto prudente!
Accusarli di magia non era confessare la potenza delle scienze occulte, così sdegnosamente negate? L'imbarazzo di Sadoc era reale. E non era quella la sua unica preoccupazione. Il potere esercitato da Adoniram sugli operai rendeva inquieto il gran sacerdote, che diffidava a buon diritto di ogni dominazione occulta e cabalistica. Tuttavia Sadoc aveva costantemente impedito al suo regale alunno di congedare l'unico artista capace di innalzare al dio Adonai il più splendido di tutti i templi e di attirare ai piedi dell'altare di Gerusalemme l'ammirazione e le offerte di tutti i popoli dell'Oriente. Per la rovina di Adoniram, Sadoc aspettava la fine dei lavori; nel frattempo si limitava a coltivare l'ombrosa diffidenza di Solimano. Da qualche giorno la situazione si era aggravata. Proprio nel pieno di un trionfo insperato, impossibile, miracoloso, Adoniram, si ricorderà, era scomparso. Questa assenza stupiva tutta la corte, salvo, almeno in apparenza, il re che, con inconsueto riserbo, non aveva consultato in proposito il suo sommo sacerdote.

Vedendosi inutile, ma deciso a restare necessario, il venerabile Sadoc era ridotto a mescolare vaghe declamazioni profetiche con ambiguità da oracolo, adatte a fare colpo sull'immaginazione del principe. Solimano amava assai i discorsi, soprattutto perché gli offrivano l'occasione di riassumerne il senso in tre o quattro proverbi. Ma in questa circostanza le sentenze dell'Ecclesiaste, invece di modellarsi sulle omelie di Sadoc, riguardavano tutte l'utilità dell'occhio del padrone, la diffidenza, e l'infelicità dei re, esposti all'astuzia, alle menzogne e all'interesse. Sadoc, turbato, si rifugiava nelle profondità del non intelligibile.
« Benché parliate a meraviglia, » disse Solimano « non sono venuto al tempio per godere della vostra eloquenza: sventurato il re che si nutre di parole! Tre sconosciuti si presenteranno qui, chiederanno di parlare con me e io li ascolterò, poiché conosco le loro intenzioni. Per l'udienza ho scelto questo luogo; importava che la loro iniziativa restasse segreta ».
« Questi uomini, signore, chi sono? ».
« Persone che sanno cose ignorate dai re... da loro c'è molto da imparare ».
Presto tre artigiani, introdotti nel vestibolo interno del tempio, si prosternarono ai piedi di Solimano. Il loro atteggiamento era impacciato, gli occhi inquieti.
« Che la verità sia sulle vostre labbra, » disse Solimano « e non sperate di circuire il re: egli conosce i vostri pensieri più segreti. Tu, Phanor, semplice operaio della corporazione dei

muratori, sei nemico di Adoniram perché hai in odio la supremazia dei metallurghi, e per distruggere l'opera del tuo maestro hai mescolato pietre combustibili ai mattoni dei forni. Tu, Amru, della corporazione dei carpentieri, hai fatto in modo che le fiamme raggiungessero le travi, per indebolire le basi del mare di bronzo. Quanto a te, Metusael, metallurgo della tribù di Ruben, hai alterato la fusione gettandovi lave solforose raccolte sulle rive del lago di Gomorra. Tutti e tre aspirate invano al titolo e al salario di maestro. Come vedete, la mia intelligenza penetra il mistero delle vostre azioni più nascoste».

«Gran re,» rispose Phanor, spaventato «è una calunnia di Adoniram, che vuole la vostra rovina».

«Adoniram ignora il vostro complotto; io solo lo conosco. Sappiatelo, nulla sfugge alla sagacia di chi è protetto da Adonai».

Lo stupore di Sadoc fece capire a Solimano che il sommo sacerdote non teneva in gran conto il favore di Adonai.

«A nascondere la verità ci perdereste e basta» riprese il re. «Quello che state per rivelarmi io lo so già; voglio solo mettere la vostra fedeltà alla prova. Amru prenda la parola per primo».

«Signore,» disse Amru, non meno atterrito dei suoi complici «ho strettamente sorvegliato i laboratori, i cantieri e le officine; Adoniram non vi è apparso una sola volta».

«Io» continuò Phanor «ho avuto l'idea di nascondermi al cadere della notte nella tomba del principe Absalon-Ben-Daud, sulla strada che porta da Moria al campo dei Sabei. Verso l'ora terza della notte un uomo con un lungo abito e un turbante di foggia yemenita mi è passato davanti; mi sono avvicinato e ho riconosciuto Adoniram; andava verso le tende della regina; ma, poiché mi aveva scorto, non ho osato seguirlo».

«Signore,» proseguì a sua volta Metusael «voi sapete tutto, il vostro spirito è abitato dalla saggezza; parlerò dunque sinceramente. Terribile è il segreto che mi accingo a rivelare; temo che possa costare la vita a chi lo conosce; allontanate dunque i miei compagni, e che le mie parole ricadano solo su di me».

Quando il metallurgo si vide solo in presenza del re e del sommo sacerdote, si prosternò e disse: «Signore, stendete il vostro scettro perché io non muoia».

Solimano stese la mano e rispose: «La tua buona fede ti salva, non temere niente, Metusael della tribù di Ruben!».

«Con la fronte coperta da un caffettano e il viso tinto di scuro mi sono mescolato, col favore della notte, agli eunuchi neri che circondano la principessa: Adoniram è scivolato nell'ombra sino ai suoi piedi; a lungo si è trattenuto con lei e il vento della sera ha portato sino al mio orecchio il fremito delle loro parole; un'ora prima dell'alba me ne sono andato: Adoniram era ancora con la principessa...».

Solimano represse un'ira di cui Metusael riconobbe i segni nelle pupille.

« O re, » esclamò « ho dovuto obbedire; ma permettetemi di non aggiungere altro ».
« Prosegui, te lo ordino! ».
« Signore, la vostra gloria è cara ai vostri sudditi, che agiscono nel suo interesse. Se è necessario morirò, ma il mio padrone non sarà lo zimbello di quei perfidi stranieri. Il gran prete dei Sabei, la nutrice e due tra le ancelle della regina conoscono il segreto di quegli amori. Se ho ben capito, Adoniram non è l'uomo che sembra; è investito, come la principessa, di un potere magico. Lei comanda agli abitanti dell'aria, l'artista agli spiriti del fuoco. Tuttavia, questi esseri privilegiati temono il potere che, a vostra insaputa, esercitate sui genii. Sarahil ha parlato di un anello di pietre preziose, e ne ha spiegato le meravigliose proprietà alla regina stupita. È stata deplorata, a questo proposito, un'imprudenza di Balkis. Non ho potuto capire tutto, perché avevano abbassato la voce, e ho temuto che mi sarei perso avvicinandomi troppo. Presto Sarahil, il gran sacerdote e le donne del seguito si sono ritirati inginocchiandosi davanti ad Adoniram che, come ho detto, è rimasto solo con la regina di Saba. O re, possa io trovare grazia ai vostri occhi: l'inganno non ha sfiorato le mie labbra! ».
« Con che diritto pensi di sondare le intenzioni del tuo padrone? Qualunque sia, la nostra decisione sarà giusta... Che quest'uomo sia rinchiuso nel tempio con i suoi compagni; non comunicherà con loro sino al momento in cui sarà decretata la loro sorte ».

Chi potrebbe dipingere lo stupore del gran sacerdote Sadoc mentre i Muti, pronti e discreti esecutori delle volontà di Solimano, trascinavano via Metusael terrorizzato? «Lo vedete, rispettabile Sadoc,» riprese il monarca con amarezza «con tutta la vostra prudenza non avete intuito niente. Sordo alle nostre preghiere, poco toccato dai nostri sacrifici, Adonai non si è degnato di illuminare i suoi servi; io solo, con l'aiuto delle mie forze, ho svelato la trama dei miei nemici. E tuttavia essi comandano alle potenze occulte. Hanno dèi fedeli... e il mio mi abbandona!».
«Perché voi lo trascurate e cercate l'unione con una donna straniera. O re, bandite dall'anima un sentimento impuro, e i vostri avversari vi saranno consegnati. Ma come impadronirsi di Adoniram, che non si fa vedere, e di una regina protetta dall'ospitalità?».
«Vendicarsi di una donna non si addice alla dignità di Solimano. Quanto al suo complice, lo vedrete qui tra un istante. Stamani stesso mi ha chiesto un'udienza ed è qui che lo aspetto».
«Adonai ci favorisce. O re, che non esca vivo da questo recinto!».
«Se viene a noi senza timore, siate sicuro che i suoi difensori sono poco lontani; nessuna cieca precipitazione: quei tre uomini sono suoi mortali nemici. Invidia e cupidigia hanno inasprito i loro cuori. Forse la regina è stata calunniata... Io l'amo, Sadoc, e le vergognose insinuazioni di tre miserabili non sono sufficienti perché io faccia alla principessa il torto di crederla colpe-

vole di una passione degradante... Tuttavia, temendo i silenziosi maneggi di Adoniram, così potente tra il popolo, ho fatto sorvegliare quel misterioso personaggio».

«Pensate dunque che non abbia visto la regina?».

«Sono convinto che si sia incontrato con lei segretamente. Lei è curiosa, entusiasta delle arti, cerca la fama ed è tributaria della mia corona. Progetta forse di assumere l'artista e di impiegarlo nel suo Paese in qualche magnifica impresa? Oppure intende, con il suo aiuto, arruolare un esercito da opporre al mio e liberarsi così dal tributo? Lo ignoro... Per quel che riguarda i loro pretesi amori, non ho forse la parola della regina? Tuttavia, ne convengo, una sola di queste supposizioni basta a dimostrare che quell'uomo è pericoloso... Confesso che...».

Mentre parlava, in tono fermo, alla presenza di Sadoc, desolato di vedere il suo altare disdegnato e la sua influenza svanita, riapparvero i Muti con i loro copricapi bianchi di forma sferica, i corpetti loricati, le larghe cinture da cui pendevano un pugnale e una spada ricurva. Scambiarono un segno con Solimano, e Adoniram apparve sulla soglia. Sei dei suoi l'avevano scortato sin lì; mormorò loro qualche parola a voce bassa e si ritirarono.

L'INCONTRO

A lenti passi e con espressione sicura Adoniram avanzò fino al seggio massiccio su cui era assiso il re di Gerusalemme. Dopo un saluto rispettoso, l'artista attese, secondo l'uso, che Solimano lo invitasse a parlare.

« Finalmente, maestro, » disse il principe « ci offrite l'occasione, che desideravamo, di congratularci con voi per un trionfo... insperato, e di testimoniarvi la nostra gratitudine. L'opera è degna di me; ancora di più: degna di voi. Quanto alla vostra ricompensa, non sarà mai abbastanza splendida; siate voi stesso a indicarla: cosa vorreste da Solimano? ».

« Il mio congedo, signore: i lavori volgono al termine e la mia presenza non è più necessaria. Il mio destino di errante mi chiama sotto altri cieli; rimetto in mano vostra l'autorità di cui mi avete investito. La mia ricompensa è il monumento che lascio, e l'onore di aver interpretato le nobili intenzioni di un grande re ».

« Questa richiesta ci addolora. Speravo che sareste rimasto tra noi, alla nostra corte, con un rango eminente ».

« Il mio carattere, signore, ripagherebbe male le vostre bontà. Indipendente per natura, solitario per vocazione, indifferente agli onori, per i quali non sono nato, metterei spesso a dura prova la vostra indulgenza. Variabile è l'umore dei re; l'invidia li circonda e li assedia; instabile la loro fortuna, come ho sperimentato. Quello che voi chiamate il mio trionfo e la mia gloria non era sul punto di costarmi l'onore, forse la vita?».

«La vostra impresa l'ho considerata fallita solo quando voi stesso lo avete proclamato, e non mi vanto di avere sugli spiriti del fuoco un ascendente superiore al vostro...».

«Nessuno governa quegli spiriti, se mai esistono. D'altronde, misteri di questo genere sono più alla portata del rispettabile Sadoc che di un semplice artigiano. Cosa sia successo in quella terribile notte lo ignoro: l'andamento dell'operazione ha sconvolto le mie previsioni. Tuttavia, signore, nell'ora dell'angoscia, invano ho aspettato il vostro conforto, il vostro appoggio; perciò, nel giorno del successo, non ho atteso i vostri elogi».

«Maestro, questo è risentimento e orgoglio».

«No, signore, è umile e sincera equità. Dalla notte in cui ho colato il mare di bronzo sino al giorno in cui l'ho potuto mostrare, i miei meriti non sono né diminuiti né aumentati. Unica differenza, il successo... e, come avete visto, il successo è nelle mani di Dio. Adonai vi ama; le vostre preghiere lo hanno toccato; sono io, signore, che devo congratularmi con voi e gridarvi: grazie».

«Chi mi libererà dall'ironia di quest'uomo?» pensava Solimano; disse: «Senza dubbio mi lasciate per compiere altrove nuove meraviglie».

«Fino a poco fa, signore, l'avrei giurato. Mondi si agitavano nella mia mente infiammata; nei miei sogni vedevo blocchi di granito e palazzi sotterranei con foreste di colonne; mi pesava il protrarsi dei nostri lavori. Oggi, il mio estro si placa, la stanchezza culla i miei pensieri, l'ozio mi sorride, e la mia carriera mi sembra giunta al termine...».

Parve a Solimano di cogliere teneri, luccicanti bagliori nelle pupille di Adoniram; grave era il viso, la fisionomia melanconica, la voce insolitamente penetrante; turbato, Solimano pensò: «Quest'uomo è molto bello...».

«Dove contate di andare, quando lascerete i miei Stati?» chiese con finta noncuranza.

«A Tiro:» rispose senza esitare l'artista «l'ho promesso al mio protettore, il buon re Hiram, che vi è affezionato come un fratello, e che verso di me si comportò sempre da padre amorevole. Col vostro beneplacito, desidero portargli una pianta con l'alzata del palazzo, del tempio, del mare di bronzo e delle due grandi colonne bronzee ritorte, Jakïn e Booz, che ornano la porta maggiore del tempio».

«Sia come volete. Cinquecento cavalieri vi faranno da scorta, e dodici cammelli trasporteranno i doni e i tesori che vi destino».

«Troppa generosità: con sé Adoniram porterà soltanto il suo mantello. Non rifiuto i vostri doni, signore. Siete generoso; essi sono cospicui, e la mia improvvisa partenza saccheggerebbe il vostro tesoro, senza beneficio per me. Permettetemi la massima franchezza. Questi beni, che accetto, li lascio in deposito nelle vostre mani. Quando ne avrò bisogno, signore, ve lo farò sapere».

«In altre parole,» disse Solimano «maestro Adoniram ha intenzione di rendermi suo tributario».

L'artista sorrise e rispose con grazia:

«Signore, avete indovinato il mio pensiero».

«E magari si riserva di trattare un giorno con noi, dettandoci le sue condizioni».

Adoniram scambiò col re un'occhiata arguta e circospetta.

«In qualsiasi caso, niente potrei chiedere» aggiunse l'artista «che non sia degno della generosità di Solimano».

«Credo» disse Solimano, soppesando l'effetto delle sue parole «che la regina di Saba coltivi dei progetti, e si proponga di usare il vostro talento...».

«Signore, non me ne ha parlato».

Questa risposta dava adito ad altri sospetti.

«Tuttavia» obiettò Sadoc «il vostro genio non l'ha lasciata insensibile. Partirete senza dirle addio?».

«Dirle addio...» ripeté Adoniram, e Solimano vide raggiare nei suoi occhi uno strano fuoco «dirle addio. Se il re lo consente, avrò l'onore di congedarmi da lei».

«Contavamo» riprese il principe «di potervi avere tra noi per le feste imminenti del nostro matrimonio; voi sapete che...».

La fronte di Adoniram si velò di un buio rossore; disse senza amarezza:

«È mia intenzione recarmi al più presto in Fenicia».

«Poiché lo volete, maestro, siete libero: accetto che vi congediate...».

«Non prima del tramonto, rispose l'artista. Devo ancora pagare gli operai; vi prego, signore, di ordinare al vostro intendente Azarias che il denaro necessario sia portato al banco collocato ai piedi della colonna di Jakïn. Pagherò come al solito, senza annunciare la mia partenza, per evitare il tumulto degli addii».

«Sadoc, trasmettete l'ordine a vostro figlio Azarias. Ancora una parola: cosa potete dirmi di tre operai che rispondono ai nomi di Phanor, Amru e Metusael?».

«Tre poveri ambiziosi, onesti ma senza talento. Aspiravano al titolo di maestro, e mi hanno pregato di rivelare loro la parola d'ordine, per avere diritto a un salario più alto. Alla fine hanno inteso ragione, e di recente ho avuto modo di apprezzare la loro buona disposizione verso di me».

«Maestro, sta scritto: "Temi il serpente ferito quando si avvolge su se stesso". Imparate a conoscere meglio gli uomini: quelli sono vostri nemici; loro hanno provocato ad arte l'incidente che rischiò di far fallire la colata del mare di bronzo».

«E voi come lo sapete, signore?...».

«Convinto che tutto fosse perduto, e certo della vostra prudenza, ho cercato le cause occulte della catastrofe; mentre erravo in mezzo ai gruppi, quei tre, credendosi soli, hanno parlato».

«Molti sono morti per il loro crimine. Impunito, il loro esempio sarebbe pericoloso; tocca a voi decidere la loro sorte. L'incidente mi è costato la vita di un ragazzo che amavo, di un abile artista: da allora Benoni non è riapparso. La giustizia, signore, è privilegio dei re».

«E giustizia per tutti sarà fatta. Vivete felice, maestro Adoniram; Solimano non vi dimenticherà».

Ma Adoniram, pensieroso, sembrava indeciso, combattuto. Tutt'a un tratto, attraversato da un'emozione, esclamò:

«Qualunque cosa accada, signore, siate sempre certo del mio rispetto, del mio devoto ricordo, della dirittura del mio cuore. E se il sospetto s'insinuasse nel vostro spirito, dite a voi stesso: come la maggior parte degli uomini, Adoniram non si apparteneva; era necessario che facesse ciò a cui era destinato!».

«Addio, maestro... che il vostro destino si compia!».

Così disse il re e tese la mano, su cui l'artista si piegò con umiltà; ma non vi posò le labbra, e Solimano trasalì.

«Ebbene,» mormorò Sadoc, vedendo Adoniram allontanarsi «ebbene, cosa ordinate, signore?».

«Il silenzio più profondo, padre; ormai mi fido solo di me stesso. Non dimenticatelo, sono il re. Obbedire pena la disgrazia, tacere pena la morte: questa la parte che vi spetta... Su, vecchio, non tremare: il sovrano che ti confida i suoi segreti, perché tu sappia, ti è amico. Fai chiamare i tre operai chiusi nel tempio; voglio interrogarli ancora».

Amru e Phanor apparvero assieme a Metusael: dietro di loro si schierò, sinistra, la guardia dei Muti, la mano sulla spada.

«Ho soppesato le vostre parole,» disse Solimano in tono severo «e ho visto il mio servo Adoniram. È un senso di giustizia o l'invidia che vi spinge contro di lui? Come osano semplici membri della corporazione giudicare il loro maestro? Se voi foste uomini ragguardevoli e capi tra i vostri fratelli, la vostra testimonianza sarebbe meno sospetta. E invece no: avidi, bramosi del titolo di maestro, non siete riusciti a ottenerlo, e l'odio esulcera i vostri cuori».

«Signore,» disse Metusael, prosternandosi «vedo che volete metterci alla prova. Ma, anche se dovesse costarmi la vita, continuerò a sostenere che Adoniram è un traditore; cospirando per perderlo, ho voluto salvare Gerusalemme dalla tirannia di un uomo perfido che intendeva asservire il mio Paese a orde straniere. La mia franchezza imprudente è la garanzia più sicura della mia fedeltà».

«Non si addice che io presti altra fede a uomini di così basso rango, a schiavi dei miei servi. La morte ha creato vuoti nelle gerarchie dei mestieri: Adoniram chiede di riposare, e io tengo, come lui, a trovare tra i capi persone degne di fiducia. Questa sera, dopo la paga, sollecitate da lui l'iniziazione a maestri; sarà solo... Sappiate far valere le vostre ragioni. In questo modo saprò che siete laboriosi, eminenti nella vostra arte, e che godete della fiducia dei vostri fratelli. Adoniram è saggio: le sue decisioni fanno legge. Dio l'ha forse abbandonato, fino ad oggi? Ha forse manifestato il suo biasimo con uno di quegli avvertimenti sinistri, di quei colpi terribili con cui il suo braccio invisibile raggiunge i colpevoli? Ebbene! che Geova sia giudice tra voi: considererò un segno cifrato che il cielo si dichiara a vostro favore se a vostro favore si dichiarerà Adoniram; egli sarà oggetto della mia attenzione. Ma se vi rifiuta il grado di maestro, domani comparirete con lui davanti a me; sentirò le vostre reciproche accuse e difese: gli anziani del popolo sentenzieranno. E ora meditate su quanto vi ho detto, e che Adonai vi illumini».

Solimano si alzò dal seggio e, poggiandosi alla spalla del sommo sacerdote impassibile, lentamente si allontanò.

I tre uomini si avvicinarono, spinti da un pensiero comune. «Bisogna strappargli la parola d'ordine» disse Phanor.

«Altrimenti muoia!» aggiunse Amru il fenicio.

«Ci riveli la parola d'ordine dei maestri e poi muoia!» esclamò Metusael.

Le loro mani si unirono in triplice giuramento.

Al momento di varcare la soglia, Solimano, voltandosi, li osservò da lontano, respirò con forza, e disse a Sadoc: «E ora non pensiamo che al piacere!... Andiamo a trovare la regina».

LA CENA DEL RE

Il sole già declinava; il respiro infuocato del deserto arroventava campagne illuminate da riflessi di nubi ramate; solo l'ombra della collina di Moria proiettava un po' di frescura sul letto disseccato del Cedron; le foglie si piegavano moribonde, e i fiori consunti degli oleandri pendevano spenti e avvizziti; camaleonti, salamandre, lucertole guizzavano in mezzo alle rocce; tacevano gli uccelli nei boschetti, e i ruscelli avevano esaurito i loro mormorii.

Cogitabondo, quasi glaciale in quella giornata ardente e smorta, Adoniram, come aveva annunciato a Solimano, era andato a congedarsi dalla sua regale amante, preparata a una separazione che lei stessa aveva richiesto.

«Partire con me» aveva detto «vorrebbe dire offendere Solimano, umiliarlo di fronte al suo popolo, e aggiungere l'oltraggio al dolore che, costretta dalle potenze eterne, gli ho procurato. Restare qui dopo la mia partenza, caro sposo, vorrebbe dire, per voi, cercare la morte. Il re è geloso, e la mia fuga farebbe di voi l'unico bersaglio del suo risentimento».

«E sia! condivideremo il destino dei figli della nostra razza: vivere sulla terra erranti e dispersi. Ho promesso a quello che regna qui di andare a Tiro. Possiamo essere sinceri, ora che la vostra vita non è più alla mercé di una menzogna. Questa notte stessa mi metterò in cammino verso la Fenicia e di là, quasi senza fermarmi, vi raggiungerò nello Yemen attraverso le frontiere della Siria e della pietrosa Arabia, seguendo le gole dei monti Cassaniti. Ahimè! regina cara, devo dunque già abbandonarvi, in terra straniera e in balìa di un despota innamorato! ».

« State tranquillo, mio signore; la mia anima è tutta per voi, i miei servi sono fedeli, e la mia prudenza farà svanire i pericoli. Oscura e burrascosa, la notte che si avvicina nasconderà la mia fuga. Solimano, io lo odio; sono i miei Stati l'oggetto delle sue brame: mi ha circondato di spie; ha cercato di sedurre i miei servitori, di corrompere i miei ufficiali, di trattare con loro la consegna delle mie fortezze. Se avesse acquistato diritti sulla mia persona, mai avrei rivisto la felice terra dello Yemen. Mi aveva estorto una promessa, è vero; ma il mio spergiuro è niente di fronte alla sua slealtà. Come avrei potuto non ingannarlo? Solo poco fa mi ha fatto capire, con minacce appena velate, che il suo amore non ha limiti, ma la sua pazienza sì ».

« Bisogna sollevare le corporazioni! ».

« Aspettano la paga; non si muoverebbero. Perché mai gettarsi in avventure tanto rischiose? Le sue parole non mi allarmano; mi rincuorano, anzi: le avevo previste, le aspettavo con impazienza. Andatevene in tutta tranquillità, mio diletto: Balkis sarà sempre e solo vostra! ».

« Addio dunque, regina: sono costretto a lasciare questa tenda, dove ho trovato una felicità che mai avevo sognato. Devo staccarmi dalla contemplazione di colei che per me è la vita. Vi rivedrò? Ahimè! questi rapidi istanti saranno passati come un sogno!».

«No, Adoniram; presto saremo riuniti per sempre... I miei sogni, i miei presentimenti, in accordo con l'oracolo dei genii, mi rendono certa che la nostra razza durerà; in me porto un pegno prezioso di nozze. Questo figlio, destinato a riscattarci, sarà accolto sulle vostre ginocchia; a lui toccherà liberare lo Yemen e l'Arabia intera dal debole giogo degli eredi di Solimano. Una doppia attrazione, un doppio affetto vi unisce alla donna da cui siete amato. Tornerete!».

Adoniram, intenerito, appoggiò le labbra su una mano che la regina aveva bagnato di lacrime; facendo appello a tutto il suo coraggio, gettò su di lei un lungo, ultimo sguardo; poi, strappandosi a forza, lasciò cadere alle spalle la cortina della tenda, e tornò sulla riva del Cedron.

A Mello, diviso tra collera, amore, sospetto, rimorsi anticipati, Solimano aspettava, in preda a una viva angoscia, la regina, sorridente e desolata, mentre Adoniram, che si sforzava di seppellire la gelosia nel fondo della sua tristezza, si stava recando al tempio, a pagare gli operai; poi avrebbe preso la via dell'esilio. Ognuno di questi personaggi pensava di trionfare sul rivale, e continuava a coltivare un segreto ormai trasparente. La regina mascherava i suoi scopi, e anche Solimano, che pure era al corrente di tutto, fingeva, chiedendo al suo ingegnoso amor proprio il beneficio del dubbio.

Dalla sommità delle terrazze di Mello il re guardava il seguito della regina di Saba serpeggiare lungo il sentiero di Emazia e, al di sopra di Balkis, imporporarsi le muraglie del tempio, su cui regnava ancora Adoniram, che disegnavano contro un nuvola oscura i loro profili mossi, merlati. Un sudore freddo bagnava le tempie e le gote pallide di Solimano; il suo occhio dilatato divorava lo spazio. La regina fece ingresso accompagnata dai dignitari della corte e da altre persone addette al suo servizio, che si mescolarono ai servi del re.

Durante la serata, il principe apparve preoccupato; Balkis si mostrò fredda, quasi ironica: sapeva che Solimano era innamorato. La cena fu silenziosa; gli sguardi del re furtivi, o ostentatamente distratti, sembravano fuggire il contatto con quelli della regina; ora abbassati e ora sollevati da una fiamma languida e trattenuta, gli occhi di Balkis rinfocolavano in Solimano l'illusione che egli intendeva tenere a bada. La sua aria assorta rivelava un proposito. Era figlio di Noè e, fedele alle tradizioni del padre della vigna, chiedeva al vino, pensò la principessa, la risolutezza che gli mancava. I cortigiani si erano ritirati; i Muti presero il posto dei dignitari di corte; la regina, che era servita dalla sua gente, sostituì ai Sabei i Nubiani, cui la lingua ebraica era sconosciuta.

« Signora, » disse gravemente Solimano Ben-Daud « un chiarimento tra noi è necessario ».

« Caro principe, precorrete il mio desiderio ».

« Avevo pensato che foste fedele alla parola data; che la principessa di Saba fosse più di un donna... fosse una regina... ».

« È proprio il contrario » lo interruppe con veemenza Balkis. « Io sono più di una regina, signore: sono una donna. Chi non è soggetto a sbagliare? Vi ho creduto saggio, poi innamorato... Tocca a me subire il disinganno più crudele ». Sospirò.

« Sapete fin troppo bene che vi amo; » rispose Solimano « altrimenti non avreste abusato del vostro potere su di me, né calpestato un cuore che solo ora si ribella ».

« Contavo di farvi gli stessi rimproveri. Non me amate, signore, ma la regina. E francamente, vi sembro in età da aspirare a un matrimonio di convenienza? Sì, ho voluto scandagliare la vostra anima; più delicata della regina, la donna, mettendo da parte la ragion di Stato, ha inteso usare il potere che le è proprio; sognava di essere amata. Ritardando l'adempimento di una promessa strappata con un attacco di sorpresa, improvviso, vi ha messo alla prova; sperava che cercaste unicamente nel suo cuore una conferma della vostra vittoria, ma si è ingannata; avete seguito la via delle ingiunzioni e delle minacce, impiegato con i miei servi sotterfugi da politico, e ormai siete il loro sovrano più di quanto lo sia io. Speravo in uno sposo, in un amante; ho trovato un padrone che devo temere. Lo vedete, vi parlo con sincerità ».

« Se Solimano vi fosse stato a cuore, avreste scusato errori dettati dall'impazienza di appartenervi. Invece no; vedevate in lui solo un oggetto di odio; non è per lui che...».

«Fermatevi, signore; non aggiungete l'offesa a sospetti che mi hanno ferita. Diffidenza eccita diffidenza; il cuore è intimorito dalla gelosia; l'onore che volevate farmi sarebbe andato, temo, a danno della mia quiete e della mia libertà».

Il re tacque, non osando spingersi oltre e perdere tutto per la confidenza di una vile, perfida spia. La regina riprese con dimessa, incantevole familiarità:

«Sentite, Solimano, siate vero, siate voi stesso, siate gentile. La mia illusione mi è ancora cara... il mio animo è combattuto; sento che sarebbe dolce per me essere liberata dai dubbi».

«Ah! come svanirebbe ogni vostro timore, Balkis, se leggeste in questo cuore dove regnate incontrastata! Dimentichiamo i sospetti, i miei e i vostri; consentite finalmente alla mia felicità. Fatale potenza dei re! perché non sono io, ai piedi di una Balkis figlia di un pastore, un povero Arabo del deserto?».

«Questo vostro desiderio si accorda con i miei... voi mi avete capita. Sì,» aggiunse avvicinando alla chioma del re un viso al tempo stesso candido e appassionato «sì, è l'austerità del matrimonio ebreo che mi paralizza e mi spaventa: mi sarei lasciata trascinare dall'amore, dall'amore soltanto se...».

«Se?... finite il discorso, Balkis: la musica della vostra voce penetra dentro di me e mi infiamma...».

«No, no... cosa stavo per dire? che improvviso

offuscamento... Vini tanto dolci sono traditori; mi sento tutta agitata... ».

Solimano fece un cenno: Muti e Nubiani riempirono le coppe, e il re svuotò la sua in un colpo solo. Osservò con piacere che Balkis faceva altrettanto.

« Bisogna ammettere » proseguì la principessa in tono frivolo « che il matrimonio secondo il rito giudeo non tiene conto delle esigenze di una regina; e comporta obblighi fastidiosi ».

« È questo che vi rende dubbiosa? » chiese Solimano, indirizzando su di lei sguardi appesantiti e illanguiditi.

« Potete esserne certo. A parte la sgradevole usanza di prepararsi alle nozze con digiuni che ci rendono brutte, non è forse doloroso affidare la chioma alle forbici, e passare il resto dei propri giorni con una cuffia? Anche se, in verità, » aggiunse sciogliendo le magnifiche trecce d'ebano « gli ornamenti che abbiamo da perdere non sono poi così ricchi ».

« Le nostre donne » obiettò Solimano « hanno la facoltà di sostituire i capelli con ciuffi di piume di gallo graziosamente arricciate ».[1]

La regina sorrise con un po' di disprezzo e continuò: « Presso di voi l'uomo compra la donna come una schiava o una serva; addirittura è lei che va umilmente a offrirsi alla porta del fidan-

1. Ancora oggi, in Oriente, le Ebree maritate sono obbligate a sostituire con piumaggi i loro capelli, che devono essere tagliati all'altezza degli orecchi e nascosti sotto l'acconciatura.

zato. Infine, in questo contratto, in tutto simile a un mercato, la religione non ha alcun ruolo; l'uomo, ricevendo la compagna, stende la mano su di lei dicendo: *Mekudeshet li*; in buon ebraico: "Mi sei consacrata". Non è tutto; una moglie, voi potete ripudiarla, tradirla, addirittura farla lapidare con una scusa qualunque... Sarei fiera di essere amata da Solimano, ma avrei timore di sposarlo».

«Amata!» esclamò il principe, sollevandosi dal divano su cui era disteso. «Essere amata, voi! si è mai vista una donna che eserciti un dominio più assoluto? Ero irritato; mi placate a vostro piacimento; pensieri sinistri mi agitavano; mi sforzo di cacciarli. Voi mi ingannate; lo sento, e sono vostro complice nell'ingannare Solimano...».

Balkis levò la coppa al di sopra della testa, scostandosi con un movimento voluttuoso. Due schiavi riempirono i nappi e si ritirarono.

La sala del banchetto rimase deserta; il chiarore delle lampade, affievolendosi, gettava misteriosi bagliori su un Solimano pallido, dagli occhi ardenti e dalle labbra esangui che fremevano. Una strana languidezza s'impadroniva di lui: Balkis lo osservava con un sorriso ambiguo.

Tutt'a un tratto egli si riscosse, come assalito da un ricordo... e si drizzò sul divano.

«Donna,» esclamò Solimano «non sperate di prendervi gioco più a lungo dell'amore di un re; la notte ci protegge con i suoi veli, il mistero ci circonda, un fuoco ardente serpeggia in tutto il mio essere; ira e desiderio mi inebriano.

Quest'ora mi appartiene; se siete sincera, non mi sottrarrete oltre una felicità che ho pagato così cara. Regnate, siate libera, ma non respingete un principe che si offre a voi, che il desiderio consuma, e che, in questo momento, vi disputerebbe alle potenze dell'inferno».

Confusa e palpitante, Balkis rispose abbassando gli occhi:

«Lasciatemi il tempo di riavermi; questo linguaggio è nuovo per me...».

«No!» la interruppe Solimano in delirio, terminando di vuotare la coppa da cui attingeva tanta audacia «no, la mia pazienza è esaurita. Si tratta per me di vita o di morte. Donna, sarai mia, lo giuro. Nel caso che tu mi ingannassi... avrò la mia vendetta; se mi ami, un amore eterno mi farà meritare il perdono».

Tese le mani per cingere la giovane donna, e abbracciò solo un'ombra; la regina era indietreggiata con un movimento leggero e le braccia del figlio di Daud ricaddero pesantemente. La testa s'inclinò; Solimano restò in silenzio. Poi ebbe un trasalimento improvviso e si levò a sedere... Gli occhi stupefatti si dilatarono a stento; sentiva il desiderio morirgli nel petto e gli oggetti vacillavano sopra di lui. La faccia smorta e scialba, incorniciata da una barba nera, esprimeva un vago terrore; le labbra si dischiusero senza articolare parola, e la testa, oppressa dal peso del turbante, ricadde sui cuscini. Prigioniero di lacci invisibili e gravosi, cercava di scioglierli col pensiero, ma le sue membra non obbedivano a quello sforzo immaginario.

La regina si avvicinò, lenta e solenne; Solimano la vide con spavento, sopra di lui, la guancia appoggiata sulle dita piegate, mentre l'altra mano faceva da sostegno al gomito. Lo osservava; la udì parlare, dire:
« Il narcotico fa effetto... ».
La nera pupilla vorticò nell'orbita bianca dei grandi occhi da sfinge; Solimano rimase immobile.
« Ebbene, » continuò la regina « obbedisco, cedo, sono vostra!... ».
Si inginocchiò e toccò la mano gelata di Solimano, che esalò un profondo sospiro.
« Capisce ancora... » mormorò la regina. « Ascolta, re d'Israele, tu la cui potenza impone l'amore come la servitù e il tradimento, ascolta: io sfuggo al tuo potere. La donna ti ha ingannato, non la regina. Amo, e non è te che amo; il destino non lo ha permesso. Nata da una stirpe superiore alla tua, ho dovuto, per obbedire ai genii che mi proteggono, scegliere uno sposo del mio sangue. La tua potenza svanisce davanti alla loro; dimenticami. Che Adonai ti scelga una compagna. È grande e generoso; non ti ha forse dato la saggezza e non ti ha ricompensato dei tuoi servigi in questa occasione? Ti abbandono a lui, e ritiro da te l'inutile appoggio dei genii, che disprezzi e che non hai saputo comandare... ».
E Balkis tentò di riprendersi l'anello da lei donato a Solimano; afferrò il dito su cui il talismano brillava, ma il re, che respirava affannosamente, con uno sforzo supremo contrasse la

mano, la serrò; inutilmente Balkis tentò di aprirla.
Stava per parlare di nuovo, quando la testa di Solimano Ben-Daud ciondolò all'indietro, i muscoli del collo si distesero, la bocca si aprì, gli occhi semichiusi si appannarono; la sua anima aveva preso il volo verso il paese dei sogni.
Tutto dormiva nel palazzo di Mello, eccetto i servi della regina di Saba, responsabili dell'assopimento dei loro ospiti. Lontano rumoreggiava il tuono; il cielo nero era solcato da lampi; venti furiosi facevano turbinare la pioggia sulle montagne.
Un destriero d'Arabia, nero come la tomba, attendeva la principessa, che diede il segnale della ritirata. Ben presto il corteo, girando lungo le forre intorno alla collina di Sion, discese nella valle di Giosafat. Il Cedron, che già, a protezione della fuga, si gonfiava di acqua piovana, fu attraversato a guado; lasciato sulla destra il Tabor coronato di lampi, il corteo raggiunse il Giardino degli Ulivi nel punto da cui parte la via montuosa di Betania.
«Seguiamo questa strada;» disse la regina alle guardie «i nostri cavalli sono agili; a quest'ora le tende sono state tolte, e i nostri già si stanno incamminando verso il Giordano. Li ritroveremo alla seconda ora del giorno, oltre il Lago Salato; di là raggiungeremo le gole dei monti d'Arabia».
E, allentando le briglie al cavallo, sorrise alla tempesta, pensando che ne condivideva i disagi

con il caro Adoniram, a quel punto già in cammino sulla strada di Tiro.
Mentre la regina e i suoi svoltavano sul sentiero di Betania, la scia dei lampi rivelò un gruppo che lo percorreva in silenzio e che si fermò stupefatto, al rumore di quel corteo di spettri che cavalcavano nelle tenebre.
Balkis e il suo seguito li sopravanzarono, e una delle guardie, che si era avvicinata per vedere di chi si trattasse, disse piano alla regina:
« Sono tre uomini che ne trasportano un quarto avvolto in un lenzuolo funebre ».

MAKBENACH

Mentre Solimano riceveva nella sua casa di campagna la principessa di Saba, un uomo, che camminava sulle alture di Moria, guardava pensieroso il crepuscolo morire in mezzo alle nuvole e le fiaccole accendersi come ammassi di stelle fra le ombre della vegetazione, a Mello. Un ultimo pensiero ai suoi amori... poi disse addio alle rocce di Solima e alle rive del Cedron, che non doveva rivedere.

L'aria era afosa e, impallidendo, il sole aveva visto la notte coprire la terra. All'appello dei martelli che percuotevano lastre di bronzo, Adoniram, strappandosi ai suoi pensieri, attraversò la folla degli operai già radunati e, socchiusa la porta orientale, penetrò nel tempio, fermandosi ai piedi della colonna Jakïn, per sovrintendere alla consegna dei salari.

Torce accese sotto il peristilio crepitavano colpite da gocce della pioggia tiepida alle cui carezze gli operai ansanti offrivano lietamente il petto.

L'assembramento era numeroso; Adoniram, oltre ai contabili, aveva a disposizione cassieri diversi per ogni grado. Le distinzioni gerarchiche avvenivano in virtù di una parola d'ordine; in occasione della paga essa sostituiva i segni manuali, che avrebbero richiesto troppo tem-

po. Il salario veniva consegnato una volta pronunziata la parola.
La parola d'ordine degli apprendisti era stata sino ad allora «Jakïn», nome di una delle colonne di bronzo; la parola d'ordine degli operai, «Booz», nome dell'altro pilastro; la parola dei maestri, «Geova».
In fila, suddivisi per categorie, i lavoratori si presentavano ai banchi, davanti agli intendenti presieduti da Adoniram, che a ognuno toccava la mano; è al suo orecchio che, a voce bassa, veniva detta una parola. Per quell'ultimo giorno la parola d'ordine era stata cambiata. L'apprendista diceva «Tubal-Kain»; l'operaio «Schibboleth»; il maestro «Giblim».
A poco a poco la folla si diradò, e il recinto si fece deserto; quando gli ultimi di quelli venuti a ritirare la paga furono usciti, ci si rese conto che non tutti si erano presentati, perché ancora vi era del denaro nella cassa.
«Domani» disse Adoniram «farete l'appello per sapere se vi sono malati, o la morte ha visitato qualcuno».
Quando tutti si furono allontanati, Adoniram, vigile e zelante fino all'ultimo, prese, com'era suo costume, una lampada, e andò a fare il giro delle officine e dei quartieri deserti del tempio, per assicurarsi che i suoi ordini fossero stati eseguiti e che i fuochi fossero spenti. Lugubre era il rumore dei suoi passi sulle lastre di pietra; contemplò ancora una volta le sue opere, e si fermò a lungo davanti a un gruppo di cherubini alati, ultimo lavoro del giovane Benoni.

« Caro ragazzo » mormorò con un sospiro.
Terminato il pellegrinaggio, Adoniram si ritrovò nella grande sala del tempio. Intorno alla sua lampada si svolgevano, da tenebre ispessite, volute rossastre che rendevano visibili le alte nervature delle volte e le pareti della sala, da cui si usciva per tre porte: verso il Settentrione, verso occidente, verso oriente.
La prima, quella a nord, era riservata al popolo; la seconda si apriva al passaggio del re e dei suoi guerrieri; la porta d'Oriente era di pertinenza dei leviti; all'esterno di quest'ultima si trovavano le colonne di bronzo, Jakïn e Booz.
Prima di uscire dalla porta d'Occidente, che era la più vicina, Adoniram guardò il fondo tenebroso della sala, e la sua immaginazione, infiammata dalla contemplazione di un gran numero di statue, evocò, in mezzo alle ombre, il fantasma di Tubal-Kain. Fisso, il suo occhio si sforzava di penetrare le tenebre; ma quella chimera continuava a dilatarsi e dilatandosi si cancellò, raggiunse i culmini del tempio e svanì nelle profondità dei muri, come l'ombra di un uomo che si allontani con una torcia. Un grido lamentoso sembrò risuonare sotto le volte.
Allora Adoniram si volse, accingendosi a uscire; ma improvvisamente una forma umana si staccò dal pilastro, e una voce minacciosa gli disse:
« Se vuoi uscire, rivelami la parola d'ordine dei maestri ».
Adoniram era disarmato; rispettato da tutti, abituato a comandare con un cenno, mai ave-

va pensato di dover difendere la sua sacra persona.
« Disgraziato! » rispose, riconoscendo l'operaio Metusael « allontanati! Sarai accolto tra i maestri quando il tradimento e il delitto saranno onorati! Fuggi con i tuoi complici, prima che la giustizia di Solimano raggiunga le vostre teste ».
Udite quelle parole, Metusael alza col braccio vigoroso il martello, che cade con uno schianto sul cranio di Adoniram. Stordito, l'artista barcolla; d'istinto, cerca scampo per la seconda porta, quella del Settentrione. Qui si trovava il siriano Phanor, che gli disse:
« Se vuoi uscire, rivelami la parola d'ordine dei maestri! ».
« Non hai sette anni di servizio! » replicò con voce spenta Adoniram.
« La parola d'ordine! ».
« Mai! ».
Phanor, il muratore, gli affondò lo scalpello nel fianco; ma non gli fu possibile doppiare il colpo perché l'architetto del tempio, rianimato da quel nuovo dolore, volò come una freccia fino alla porta d'Oriente, per sfuggire ai suoi assassini.
Là lo aspettava il fenicio Amru, il carpentiere, per gridargli a sua volta:
« Se vuoi passare, rivelami la parola d'ordine dei maestri ».
« Non è così che io me la sono guadagnata, » articolò a fatica Adoniram, senza più forze « chiedila a quello che ti manda ».

E, poiché tentava di aprirsi un varco, Amru gli affondò la punta del compasso nel cuore.
In quel momento scoppiò il temporale, annunciato da un grande tuono.
Adoniram giaceva sul pavimento, e il suo corpo copriva per intero tre lastre. Ai suoi piedi si erano riuniti gli assassini, che si tenevano per mano.
« Quest'uomo era grande » mormorò Phanor.
« Nella tomba non occuperà più posto di te » disse Amru.
« Che il suo sangue ricada su Solimano Ben-Daud! ».
« Piangiamo su di noi, che siamo a parte del segreto del re » disse Metusael. « Eliminiamo la prova dell'assassinio; la pioggia cade; la notte è buia; Eblis ci protegge. Portiamo queste spoglie lontano dalla città, e affidiamole alla terra ».
Avvolsero il corpo in un lungo grembiule di pelle bianca, lo sollevarono con le braccia, scesero in silenzio fino alle rive del Cedron e si diressero verso un poggio solitario, un po' più in là del punto da cui si diramava il sentiero per Betania. Turbati e con un brivido nel cuore, stavano raggiungendo la loro meta quando videro un drappello di cavalieri. Il crimine è timoroso: si fermarono; chi fugge ha paura... fu così che la regina di Saba passò in silenzio davanti agli assassini tremanti che trascinavano i resti del suo sposo Adoniram.
Poco più avanti scavarono un buco nella terra, che accolse il corpo dell'artista. Nel suolo smosso di fresco, sotto cui la vittima riposava, Metu-

sael piantò un giovane stelo strappato a un'acacia.
Intanto Balkis fuggiva di valle in valle, la folgore squarciava i cieli e Solimano dormiva.
La sua piaga era la più crudele, perché lo aspettava il risveglio.
Il sole aveva compiuto il giro intero della terra quando l'effetto letargico del filtro che aveva bevuto si dissipò. Tormentato da sogni penosi, Solimano si dibatteva in mezzo alle visioni; fu con un sobbalzo violento che tornò nel regno della vita.
Si leva ed è stupito; gli occhi si muovono in giro, come se il loro padrone fosse alla ricerca della ragione smarrita; infine ricorda...
Davanti a lui, la coppa vuota; gli tornano in mente le ultime parole della regina: non la vede più ed è turbato; ironico, un raggio di sole che gli sfarfalla sulla fronte lo fa trasalire; capisce tutto e prorompe in un grido furente.
Invano s'informa: nessuno l'ha vista uscire; il suo seguito è svanito nella pianura; dell'accampamento non sono rimaste che le tracce. «Eccolo,» esclama Solimano, facendo cadere sul sommo sacerdote Sadoc uno sguardo irritato «eccolo il soccorso che il tuo Dio presta ai suoi servitori! È forse questo che mi aveva promesso? Mi lascia come un giocattolo in balìa degli spiriti dell'abisso, e tu, ministro imbecille, che regni in suo nome grazie alla mia impotenza, tu mi hai abbandonato, senza prevedere nulla, senza impedire nulla! Chi mi darà legioni alate per raggiungere quella perfida regina? Genii

della terra e del fuoco, dominazioni ribelli, spiriti dell'aria, mi obbedirete?».
«Non bestemmiate,» esclamò Sadoc «Geova solo è grande, ed è un Dio geloso».
Proprio in mezzo a questa disputa appare il profeta Ahias di Silo cupo, terribile, infiammato da un fuoco divino; povero ma temuto, solo a causa dello spirito è quello che è. Si rivolge a Solimano: «Dio ha impresso un segno sulla fronte di Caino, l'omicida, e ha detto: "Chiunque attenterà alla vita di Caino sarà punito sette volte!". E per quanto riguarda Lamech, discendente di Caino, anche lui responsabile di aver versato sangue, sta scritto: "La morte di Lamech sarà vendicata settanta volte sette". Ora ascolta, o re, quello che il Signore mi ordina di dirti: colui che ha fatto scorrere il sangue di Caino e di Lamech sarà punito settecento volte sette».
Solimano chinò il capo; si ricordò di Adoniram, e capì che i suoi ordini erano stati eseguiti; il rimorso gli strappò questo grido: «Disgraziati! cosa hanno fatto? Non avevo detto loro di ucciderlo».
Abbandonato dal suo Dio, alla mercé dei genii, disprezzato, tradito dalla principessa dei Sabei, privo di ogni conforto, Solimano abbassò lo sguardo sulla mano inerme dove brillava ancora l'anello ricevuto da Balkis. Quel talismano gli restituì un barlume di speranza. Rimasto solo, volse il castone in direzione del sole, e vide accorrere a lui tutti gli uccelli dell'aria, eccetto Hud-Hud, l'upupa magica. La chiamò tre volte, la costrinse a obbedire e le ordinò di condurlo

dalla regina. Subito l'upupa si mise in volo, e Solimano, che tendeva le braccia verso di lei, si sentì sollevato da terra e portato attraverso l'aria. La paura lo colse, scostò la mano e toccò terra di nuovo. Quanto all'upupa, sorvolò il vallone e andò a posarsi sulla sommità di un poggio, su un fragile stelo di acacia da cui Solimano non riuscì più a muoverla.

In preda alla vertigine, il re Solimano sognava di riunire eserciti innumerevoli per mettere a ferro e fuoco il regno di Saba. Spesso si chiudeva, solo, per maledire la sua sorte ed evocare gli spiriti. Un Afrita, genio degli abissi, fu costretto a servirlo e a seguirlo in luoghi solitari. Per dimenticare e sostituire la regina, oggetto della sua fatale passione, Solimano fece cercare dappertutto donne straniere che sposò secondo riti empi e che lo iniziarono al culto idolatra delle immagini. Ben presto, per piegare l'intransigenza dei genii, moltiplicò i luoghi sacri e costruì, non lontano dal Tabor, un tempio a Moloch.

In tal modo si realizzava ciò che l'ombra di Enoch aveva predetto, nel reame del fuoco, a suo figlio Adoniram, con queste parole: « Tu sei destinato a vendicarci, e questo tempio che innalzi ad Adonai perderà Solimano ».

Ma il re degli Ebrei andò più in là, come ci insegna il Talmud; la voce della morte di Adoniram si era diffusa, e il popolo si sollevò per chiedere giustizia; il re ordinò che nove maestri provassero la morte dell'artista, ritrovandone il corpo.

Diciassette giorni erano trascorsi; le esplorazioni intorno al tempio si erano dimostrate infruttuose, e i maestri battevano invano le campagne. Uno di loro, prostrato dalla calura, si aggrappò, per inerpicarsi meglio, a un ramo di acacia da cui aveva preso il volo un uccello brillante e sconosciuto, e restò sorpreso quando si accorse che la terra era smossa di recente e che l'intero arbusto gli era rimasto tra le mani. Stupito, chiamò i compagni.

Immediatamente i nove scavarono a mani nude e si trovarono davanti una fossa. A quel punto uno di loro disse ai confratelli:

«Forse i colpevoli sono dei vili che volevano strappare ad Adoniram la parola d'ordine dei maestri. Nel timore che abbiano raggiunto il loro scopo, non sarebbe più prudente cambiarla?».

«Che parola adotteremo?» chiese un secondo.

Intervenne un terzo: «Se ritroveremo qui il nostro maestro, la prima parola pronunciata da uno di noi servirà da parola d'ordine; essa renderà perenne il ricordo del delitto e del giuramento che facciamo qui di vendicare la sua morte, non solo colpendo gli assassini, ma anche, per mano dei nostri figli, la loro discendenza più lontana».

Il giuramento fu prestato; le mani si unirono sulla fossa, e tornarono a scavare con ardore. Avendo riconosciuto il cadavere, uno dei maestri lo afferrò per un dito, e la pelle gli restò tra le mani; lo stesso accadde a un secondo; un terzo lo afferrò per il polso, nel modo usato dai maestri nei confronti dei membri di grado infe-

riore, e ancora una volta la pelle si separò; al che esclamò: «Makbenach», che significa: «La carne abbandona le ossa».
Subito convennero che da allora sarebbe stata quella la parola d'ordine dei maestri, e il grido di alleanza dei vendicatori di Adoniram. La giustizia di Dio ha voluto che, per molti secoli, quella parola sollevasse i popoli contro la stirpe dei re.
Phanor, Amru e Metusael si erano dati alla fuga; ma, riconosciuti come falsi fratelli, perirono per mano degli operai, negli Stati di Maaca, re del paese di Geth, dove si nascondevano sotto i nomi di Sterkin, d'Oterfut e di Hoben.
Tuttavia le corporazioni, per un'ispirazione segreta, non rinunciarono mai a perseguire la loro inappagata vendetta su *Abiram*, nome che significa l'assassino... E la posterità di Adoniram restò sacra per loro; dopo molto tempo giuravano ancora per *i figli della vedova*; questo il nome con cui venivano indicati i discendenti di Adoniram e della regina di Saba.
Su ordine espresso di Solimano Ben-Daud, l'illustre Adoniram fu inumato sotto l'altare del tempio che aveva elevato. Per questa ragione Adonai finì per abbandonare l'arca degli Ebrei, e ridusse in schiavitù i successori di Daud.

Avido di onori, potenza e voluttà, Solimano sposò cinquecento donne, e costrinse i genii, che si era propiziato, a servirlo nei suoi progetti contro le nazioni vicine, in virtù del celebre

anello, anticamente cesellato da Irad, padre del cainita Maviael, e posseduto poi, volta a volta, da Enoch, che se ne servì per comandare alle pietre, da Jared il patriarca, e da Nemrod, che lo aveva lasciato a Saba, padre degli Emiariti.
L'anello sottomise a Salomone i genii, i venti e tutti gli animali. Sazio di potere e di piaceri, il saggio andava ripetendo: «Mangiate, amate, bevete; il resto non è che superbia».
Ma – strana contraddizione – non era felice! Degradato dalla materia, il re aspirava a diventare immortale...
Con i suoi artifici, e con l'aiuto di conoscenze arcane, pensò di potervi riuscire; a certe condizioni: per depurare il suo corpo degli elementi mortali senza dissolverlo occorreva che, al riparo di qualsiasi oltraggio, di qualsiasi principio corruttore, esso dormisse duecentoventicinque anni il sonno profondo dei morti. Poi l'anima esiliata sarebbe rientrata nel suo involucro, ringiovanita sino a riacquistare la virilità rigogliosa e fiorente dei trentatré anni.
Ormai vecchio e cadente, quando intravide, nel venir meno delle forze, i segni di una fine prossima, Solimano ordinò ai genii che aveva asservito di costruirgli, nella montagna di Kaf, un palazzo inaccessibile, e al centro fece costruire un trono massiccio d'oro e di avorio, retto da quattro pilastri tratti dal tronco vigoroso di una quercia.
Lì Solimano, principe dei genii, aveva deciso di passare il tempo della prova. L'ultimo periodo della sua vita fu impiegato a scongiurare, con

segni magici, con parole mistiche e con le virtù dell'anello, tutti gli animali, tutti gli elementi, tutte le sostanze dotate della proprietà di decomporre la materia. Scongiurò i vapori delle nubi, l'umidità della terra, i raggi del sole, il soffio dei venti, le farfalle, le tarme, le larve. Scongiurò gli uccelli rapaci, i pipistrelli, i gufi, i topi, la mosca impura, le formiche, gli insetti che strisciano o che rodono. Scongiurò il metallo; scongiurò la pietra, gli alcali e perfino le emanazioni delle piante.

Quando ebbe prese queste misure, e fu certo di aver sottratto il suo corpo a tutti gli agenti distruttori, ministri implacabili di Eblis, si fece trasportare un'ultima volta nel cuore delle montagne di Kaf e, radunati i genii, impose loro lavori immensi; poi, sotto la minaccia dei castighi più terribili, ingiunse loro di rispettare il suo sonno e di vegliare intorno a lui.

Si assise sul trono e vi fissò saldamente le membra, che si raffreddarono a poco a poco; gli occhi si offuscarono, il respiro si arrestò, e Solimano si addormentò nella morte.

In attesa del risveglio, i genii suoi schiavi continuavano a servirlo, a eseguire i suoi ordini, a prosternarsi davanti al loro padrone, di cui aspettavano il risveglio.

I venti rispettarono il suo viso; alle larve che generano i vermi non fu dato di avvicinarsi; gli uccelli e i roditori a quattro zampe furono costretti a tenersi lontani; l'acqua volse altrove i suoi vapori e, protetto dagli scongiuri, il corpo restò intatto per più di due secoli.

La barba di Solimano, che aveva continuato a crescere, si svolgeva fino ai piedi; le unghie avevano trapassato il cuoio dei guanti e la stoffa dorata delle calzature.
Ma come può la saggezza umana, nei suoi limiti finiti, assolvere un compito INFINITO? Solimano aveva dimenticato di scongiurare un insetto, il più infimo di tutti... aveva dimenticato il tarlo.
Il tarlo avanzò, misterioso... invisibile... Si attaccò a uno dei pilastri che sostenevano il trono, e lo rosicchiò lentamente, lentamente, senza mai fermarsi. L'udito più sottile non poteva percepire il grattio di quell'atomo, che si lasciava dietro, ogni anno, qualche grano di minuta segatura.
Lavorò duecentoventiquattro anni... Poi, tutt'a un tratto, roso, il pilastro cedette sotto il peso del trono, che crollò con enorme fragore.[1]
Fu il tarlo che vinse Solimano e che per primo seppe della sua morte; precipitato sulle lastre del pavimento, il re dei re non si svegliò più.
Allora i genii, umiliati, riconobbero il loro errore e riacquistarono la libertà.

1. Secondo gli Orientali le potenze della natura possono agire solo in forza di un contratto cui tutti hanno consentito. Persino il potere di Allah si fonda sull'accordo di tutti gli esseri. Si noti il rapporto fra il tarlo che trionfa sulle ambiziose operazioni di Salomone e la leggenda dell'*Edda* relativa a Balder. Odino e Freya avevano scongiurato tutti gli esseri perché rispettassero la vita del loro figlio Balder. Dimenticarono il vischio della quercia, e quella umile pianta fu causa della morte del figlio degli dèi. Per questa ragione il vischio era sacro per la religione druidica, posteriore a quella degli Scandinavi.

LA PERGOLA SCREZIATA
DI GIOVANNI MARIOTTI

« LE BON GÉRARD »

Di tanto in tanto, per le vie di Parigi, i passi di Nerval – di solito rapidi, come quelli di chi è posseduto da una qualche forma d'intensità, o anche di chi sta fuggendo, per paura o timidezza o vergogna o altro – improvvisamente si arrestavano.
Lo si poteva vedere, allora, sull'orlo di un marciapiede, il cappello in mano, immobile in mezzo al transito della folla, trasognato, rapito da un altro transito: quello dei pensieri e delle immagini che lo attraversavano.
Certo era lì, ma allo stesso tempo era altrove; tanto che i suoi amici, perché il ritorno alla realtà non fosse troppo traumatico, avevano imparato a usare nei suoi confronti una delicatezza: non lo interpellavano, semplicemente si collocavano nel suo campo visivo, in attesa che il suo sguardo li intercettasse.[1]
Non era necessario aspettare molto.
Non appena, in mezzo alla folla, Nerval isolava una sagoma familiare, subito sul volto si spandeva un largo sorriso, quasi quell'incontro fosse frutto della più bella, della più incredibile delle coincidenze; salutava l'amico ritrovato con calore, come se non lo vedesse da tempo, anche se avevano passato insieme la sera prima; e poi, camminando al suo fianco, parlava, parlava, come chi, tornato da un viaggio, abbia molto da raccontare, e le cose che diceva (che continuò a dire almeno finché, nell'ultimissima par-

1. Lo racconta Théophile Gautier in *Histoire du romantisme.*

te della vita, i *malheurs*, le calamità, non gualcirono un po' il suo spirito naturalmente gaio e socievole) erano le più gentili e festose e alate, le più ricche di grazia e di spirito, le più incantevoli e sensate che un uomo avesse mai detto.

Così la mente di Nerval faceva la spola tra le sue piccole *estasi* e il mondo circostante: con l'agilità di una creatura dell'aria che vola di ramo in ramo.

Il teatro (le sue illusioni in tre o quattro o cinque atti, le sorprese dei fondali svelati, i movimenti del sipario, parentesi capace di contenere gli scorrimenti di un sogno entro gli argini di una convenzione...) era stato il fulcro della giovinezza di Nerval.

Uomini e donne che in altre ore del giorno vedeva camminare per le strade, incalzati da incombenze quotidiane e prosaiche, una volta saliti sulla scena potevano appartenere a qualsiasi paese, esistente o mai esistito, e a qualsiasi epoca, a seconda dei costumi che indossavano.

Quel luogo di apparizioni somigliava alla sua mente, che alloggiava un'immaginazione vagabonda, e così vivida e generosa e ardente da far sì che Nerval s'identificasse ogni volta con i personaggi che creava, o captava, e che s'impadronivano del suo corpo, del suo delicato sistema nervoso.

«Sultano di Crimea, conte d'Abissinia, duca d'Egitto, barone di Smirne..., Solimano in attesa della regina di Saba...»: non c'era, scrisse il suo amico Dumas, uno solo di quei personaggi sgargianti che Nerval non fosse stato, in una delle sue vite intermittenti.[1]

Rispondendo a Dumas, Nerval spiegò amabilmente

1. All'epoca tutti i pazzi credevano di essere Napoleone. Non sembra che quella convinzione abbia mai sfiorato Nerval. È una prova della sua saviezza.

che, quando «inventava», gli riusciva facile e naturale assumere qualsiasi identità: essere l'abate di Bucquoy o l'«illustre» Brisacier, personaggi bizzarri e oscuri che avevano lasciato una traccia (il loro nome) in qualche libro che nessuno leggeva più, ma anche un principe, un re, un mago, persino Dio...
E l'identificazione era così completa, così persuasiva da indurlo a credere nella trasmigrazione delle anime «non meno fermamente di Pitagora o di Pierre Leroux».
Del resto gli uomini avevano sempre avuto fantasie del genere: persino nel pieno del XVIII secolo, l'Età dei Lumi.
Per esempio, si giustificava Nerval, un cortigiano di Crébillon *fils* ricordava di essere stato, in una delle sue vite anteriori, un sofà.

Tanto l'immaginazione di Nerval era lussuosa, tanto il suo abbigliamento era anonimo.
Guardandolo in mezzo alla folla si sarebbe detto che la sua cura principale fosse essere, o apparire, *come tutti gli altri.*
Comportamento che destava stupore nella cerchia di giovani bohémien con ambizioni artistiche che aveva frequentato in gioventù. Lo testimonia una pagina di Gautier: «... a quell'epoca ... in cui ognuno cercava di farsi notare per qualche particolarità nel modo di abbigliarsi, cappello di feltro molle alla Rubens, mantello con inserti di velluto gettato sulle spalle, casacca con passamanerie alla brandeburghese, redingote ungherese gallonata, o qualsiasi altro capo di vestiario dall'aria esotica, Gérard si vestiva nel modo più semplice, più invisibile se così si può dire, come se ci tenesse a circolare tra la folla senza essere notato. D'estate portava abiti di orléans nero,

d'inverno un soprabito blu scuro al quale era stato raccomandato di somigliare a tutti gli altri... ».
Gautier immaginò che Nerval rifuggisse dalle eccentricità dei suoi compagni di bohème perché le riteneva una sorta di autocelebrazione prematura: solo dopo avere fornito prove del proprio genio si acquistava il diritto di vestire *da artista.*
Ma altre ipotesi possono essere formulate.
Baudelaire scrisse che Nerval era sempre stato « lucido »; forse proprio la *lucidità* lo spingeva a non confondere il teatro – caleidoscopio dove l'abito e l'illusione trionfavano – con la vita quotidiana. Che nel suo caso la precauzione non sia bastata, e l'illusione e il sogno abbiano finito per traboccare, seminando disordine e dolore, non dimostra che la sua linea di condotta mancasse di saggezza.
O forse avrà agito anche, in certi momenti, un'oscura, lungimirante percezione di quello che sarebbe stato alla lunga il destino della letteratura: ritirarsi dalla scena sociale, *sparire.*

Dicevano, gli amici dell'impasse du Doyenné,[1] « le bon Gérard »... ed era un giudizio affettuoso ma ambiguo, giacché, in società, dire di qualcuno che è *buono* comporta di solito sfumature maliziose.
Quella fama *minore* lo accompagnava.
Sainte-Beuve, le due o tre volte che lo nominò di sfuggita, ritenne doveroso corredare la citazione del nome con aggettivi carezzevoli, anche se probabilmente insufficienti per le ambizioni di uno scrittore: « le gentil Gérard de Nerval... », « l'aimable et gentil Gérard de Nerval... ».

1. In quella sorta di comune, nido garrulo di una nuova generazione (quella dei cosiddetti *petits romantiques*), Nerval aveva trascorso la prima giovinezza.

Sainte-Beuve praticava la critica come un'arte marziale, fatta di cenni cerimoniosi, di finte accondiscendenze, di ostruzioni feroci; ma non credo che le citazioni del nome di Nerval, accompagnate da quella tenue aggettivazione, vadano registrate nel catalogo delle sue perfidie.
L'amabilità, la gentilezza, una *bontà* irrimediabile, che lo rendeva inoffensivo... queste le qualità naturali che sin dal primo momento trasparivano in Nerval, e presto furono il fondamento della sua leggenda. Servivano, tra l'altro, a far dimenticare una faccenda imbarazzante – la follia – di cui tutti erano al corrente, anche perché Jules Janin ne aveva parlato sul «Journal des Débats» sin dal momento del primo ricovero.

In un saggio, che è tutto un esercizio di ammirazione, Proust scrive, all'inizio: «Gérard de Nerval...», ma, via via che procede, usa sempre più spesso «Gérard», come se il semplice nome corrispondesse meglio all'identità letteraria, allo statuto dell'autore di cui tratta.
Così erano chiamati i *garçons*, i *valets*: per nome.
Proust, che ama *dire tutto*, qui *dice qualcosa* (la percezione che aveva di Nerval, della sua indole, del ruolo ricoperto nella casa spaziosa della letteratura...) senza dichiararlo, senza sviscerarlo... semplicemente, invece di enunciare il nome completo, come appariva nelle enciclopedie e nelle storie letterarie, dice: «Gérard».
Quel tratto confidenziale – mai usato da Proust per scrittori che non fossero del suo secolo e del suo ambiente – conviene alla *fraîcheur*, alla *miraculeuse fraîcheur*, all'ingenuità, all'innocenza, alla *giovinezza*

di Gérard: eterne, nonostante le calamità, come il colorito rosa delle guance degli dèi.

Nelle fantasticherie, così fluide e vive, cui Nerval si abbandonava senza conoscerne i pericoli, la regina di Saba aveva da sempre un ruolo degno del suo antico rango.
Sin dalla prima giovinezza, dai tempi del Doyenné, quel personaggio semidivino aveva visitato Nerval, le sue notti, le lenzuola gualcite fra cui dormiva, gli incerti confini tra i sogni e le veglie: appariva « radiosa, come il giorno in cui Salomone l'ammirò mentre avanzava verso di lui negli splendori porporini del mattino ».[1]
Da dove veniva quell'essere numinoso che lo investiva come un'onda di luce e di calore?
Sicuramente da oriente, dove sarebbe sorto il sole. Portava con sé un chiaro fulgore... la stessa irradiazione che aveva percepito Guido Cavalcanti:

> Chi è questa che vèn, ch'ogn'om la mira,
> che fa tremar di chiaritate l'âre

giacché ogni epifania femminile era legata, per Nerval, alle vicende della luce.
Luce del primo raggio di sole (« All'alba del giorno seguente Balkis ... varcò insieme con il primo raggio di sole la porta orientale di Gerusalemme »);[2] ma anche luce morente, consunta, malinconica, come quella che, su « un coteau vert que le couchant jaunit », su un pendio verde ingiallito dal tramonto, avvolgeva una dama dei tempi di Luigi XIII, in uno dei sonetti più belli e famosi, *Fantaisie*:

1. Parole che si ripetono uguali, tanto nella *Bohème galante* quanto nei *Petits châteaux de Bohème.*

2. Si veda sopra, p. 23.

Puis une dame, à sa haute fenêtre,
Blonde aux yeux noirs,[1] *en ses habits anciens,*
Que dans une autre existence peut-être
J'ai déjà vue et dont je me souviens![2]

A tal punto circonfusa di luce, trasfigurata, era la visitatrice, che Nerval faticava a cogliere, in tutto quel barbaglio, la somiglianza con una donna reale.
Ora, essere innamorati di una donna *reale* faceva parte dei requisiti necessari per entrare a far parte del *compagnonnage* dei Poeti.
Così si erano comportati Dante, Petrarca e gli altri della corporazione; così si comportavano anche i suoi amici.
Nerval aspettava l'occasione di presentarsi sulla scena del mondo in veste d'innamorato e di giovane poeta, insomma «en grande tenue de soupirant», in alta uniforme di spasimante.[3]
Un'uniforme dell'anima.

Ma come doveva essere la donna che «réalisait vivante mon rêve idéal e divin», che incarnava il sogno ideale e divino dei poeti: bruna o bionda?... magra o carnosa?... e di che colore dovevano essere gli occhi?
Nerval esitava: la bionda e la bruna, la snella e l'espansa si saranno presentate al suo spirito in forma mischiata, come la vegetazione di una pergola.
A quelle differenze del fisico corrispondevano diffe-

1. La bionda dagli occhi neri era la bellezza di moda ai tempi del giovane Nerval. A lanciarla era stato Byron nel *Don Juan*, ispirandosi alla sua amante, la contessa Guiccioli.

2. «Poi una dama alla sua alta finestra, / Bionda, neri gli occhi in abiti antichi, / Dama che in un'altra esistenza forse / Ho già visto e di cui mi rammento!».

3. Così sarebbe apparso nell'incipit di *Sylvie.*

renti sostanze spirituali, come tra le fate, le ninfe, le silfidi, le salamandre, i *djinn*, gli afriti: esseri intermedi, né mortali come l'uomo né immortali come gli dèi; spiriti dell'aria, dell'acqua, del fuoco, che pendevano come una frangia multicolore dagli arazzi della poesia e della mitologia.

Per designare la categoria delle giovani donne che frequentavano il Doyenné e che, aspiranti attrici o danzatrici o cantanti, riverberavano ai suoi occhi le luci del teatro, Nerval aveva creato una parola: le *Cydalises*.

Erano le ninfe dei palcoscenici.

Essere incerti, incapaci di scegliere, espone all'influenza di chi si fa forte delle sue certezze.

Ora, Nerval aveva un amico, anche lui poeta, Théophile Gautier; e per Gautier la vera Beatrice non poteva essere che la Bionda tutta inondata di morbida carne rosa, come l'avevano dipinta gli artisti di Venezia e di Anversa.[1]

Nel luglio 1836 Gautier trascinò Nerval in un viaggio in Fiandra, alla ricerca della Musa, della donna degna di ispirarlo, di accendere in lui il fuoco della poesia.

Non fu un viaggio fortunato. La sola adatta allo scopo, tra le bellezze fiamminghe, fu avvistata nella cattedrale di Anversa... Ahimè, era dipinta!

Si trattava della Maddalena nella *Deposizione dalla Croce* di Rubens.

Accade, in certi racconti orientali, che il tesoro cercato dal protagonista in città remote, a Samarcanda, a Isfahan, si trovi in realtà nella sua casa, sepolto sot-

1. Il romanzo *Mademoiselle de Maupin* testimonia quell'inclinazione.

to un albero del cortile, o nascosto dietro una stufa bonaria; e a Gautier, forse ancora prima che a Nerval, sembrò che qualcosa del genere fosse accaduto, dopo l'insuccesso della spedizione in Belgio.

Il 31 ottobre 1837 fu rappresentata, all'Opéra-Comique, *Piquillo*, su libretto di Nerval e di Dumas (ma nella locandina appariva soltanto il nome di Dumas), con la musica di Monpou; protagonista femminile, Jenny Colon.

Qualche giorno più tardi, il 9 novembre, Théophile Gautier dedicò a Jenny, sul « Figaro », un lungo articolo, che si presentava come il lancio di una nuova star, ma senza dubbio era anche uno sprone per l'amico.

Jenny, scrisse Gautier, « ha qualcosa di più raffinato e di più elegante del tipo ordinario di bellezza fiamminga che Rubens, più che copiare, sognò. La sua lieve pinguedine la avvicina al tipo biondo e grassotto[1] celebrato dal Gozzi ... Affascinante particolarità, una pupilla nera brilla sotto sopracciglia pallide e vellutate ».

Quanto ai capelli, erano di un biondo fulvo, che tuttavia, benché Jenny fosse inglese, niente aveva da spartire « col colore polveroso e cinerino delle capigliature inglesi ».

Quell'articolo di giornale conteneva, sia pure implicito, un annuncio rilevante: la donna di Gérard, l'equivalente reale di quel fantasma onirico che era la regina di Saba, era stata trovata... e non in Fiandra, a Parigi.

Non sono sicuro che le predilezioni di Gautier, cui aveva accondisceso, fossero condivise da Nerval sino in fondo.

1. In italiano nel testo.

Chissà se Gérard pensò a Théophile quando, nel progetto dei *Monténégrins*, di cui più tardi avrebbe scritto il libretto in collaborazione con un certo Alboise, insinuò una quartina in tutto degna del Settecento (uno dei secoli in cui più spesso, benché fosse un *romantique*, gli accadeva di vivere):

Soit brune ou blonde
Faut-il choisir?
Le Dieu du monde
C'est le plaisir.[1]

Per sapere quel che accadde con Jenny dobbiamo fidarci di un altro amico di Nerval, Arsène Houssaye, autore di un breve scritto su *Gérard amoureux*.
Uno di quei giorni Nerval si presentò a casa della *cantatrice* con un mazzo di fiori.
Fu ricevuto.
« Werther » dice Houssaye « voleva trasformarsi in don Giovanni... », così, non appena se ne presentò l'occasione, cercò di stampare un bacio sul collo paffuto e ben tornito di Jenny; ma lei lo respinse, « dall'alto della sua virtù », e Gérard, arretrando, rovesciò un guéridon, un tavolinetto a una sola gamba, sul quale era poggiato un vassoio di Sèvres.
L'incidente era grave: quel vassoio, strillò la *cantatrice*, era un dono del duca d'Orléans!
Di quella piccola *comica*, vera o inventata, si sarà riso molto, al Doyenné.
Non solo Jenny non aveva fama di virtuosa, ma non era nemmeno bella: il suo nasino « a forma di virgola » (Houssaye) non era certo destinato, come quello di Cleopatra, a cambiare la storia.

1. « Sia bruna o bionda / Sceglier si de'? / Unico al mondo / Iddio è il piacer! ».

C'era stato davvero poco, tra Gérard e Jenny... forse solo un guéridon rovesciato e un vassoio di Sèvres infranto; ma una *leggenda* nasce più facilmente dal poco che dal molto. Si andava così formando, e si sarebbe via via accresciuta e perfezionata, non senza la complicità dello stesso Nerval,[1] la leggenda dell'*amoureux de Jenny Colon.*

Anticipata la data del loro incontro, si raccontava che, per sostenere la carriera della *cantatrice*, Nerval avesse dissipato l'eredità del nonno materno in un'impresa editoriale, la fondazione della rivista «Le Monde dramatique» (che fu sua solo un anno, tra il 1835 e il 1836, mentre la prima cronaca teatrale di Nerval in cui appare il nome di Jenny Colon è dell'agosto 1837, e più o meno a quell'epoca deve risalire il loro incontro), e che per accoglierla degnamente avesse acquistato, in Turenna, un antico letto a baldacchino, già campo di battaglia di Margot, regina di Francia.[2]

Jean Guillaume[3] ha insinuato che Jenny potesse essere «la donna schermo» di cui Dante parla nella *Vita nuova* (colei che si era interposta «ne la linea retta che movea da la gentilissima Beatrice e terminava ne li occhi miei»), l'oggetto insomma di un amore finto

1. Di Jenny Colon come pendant reale della regina di Saba Nerval parla nella *Bohème galante* e nei *Petits châteaux de Bohème*: due libri lievi, almeno per quanto riguarda la parte in prosa, scritti, su istigazione dell'amico Arsène Houssaye, con sorridente accondiscendenza alle *leggende* di una gioventù condivisa.

2. A corroborare la leggenda servirono anche le cosiddette *Lettres à Jenny Colon*. In realtà, in quelle pagine ritrovate non c'è nessuna indicazione di una destinataria. Probabilmente si tratta di appunti per un romanzo mai scritto.

3. Gesuita, filologo e poeta in dialetto vallone, condirettore dell'edizione di Nerval nella «Pléiade».

su cui il poeta delle *Chimères* avrebbe attirato lo sguardo degli amici per distoglierlo dall'oggetto del suo amore vero; ma quella strategia diversiva, quel machiavello amoroso, si sposa male, mi sembra, con la mente e il mondo fluttuanti di Nerval.[1]
Jenny era un fantasma come la regina di Saba, e alle spalle di entrambe c'era un *nulla* luminoso, una potente e oscura *fonte di calore* da cui Nerval si sentiva investito, un fuoco fresco e bruciante che dal cervello s'irradiava in tutto il corpo e, quando non divampava, continuava a serpeggiare, frizzante e amabile, negli incontri con gli amici e le amiche, nella conversazione, nella vita sociale.

I pensieri, i sogni non restavano a lungo segreti, fra quei giovani che aspiravano alla gloria letteraria: si espandevano naturalmente, e quell'espansione, quella condivisione fluida delle ricchezze dell'immaginazione e del cuore, era, per uno spirito come quello di Nerval, una forma della felicità.
Nerval propose ad Alexandre Dumas, che aveva già trionfato in teatro con *Henri III et sa cour*, di lavorare con lui a un libretto d'opera dedicato alla regina di Saba; e Dumas accettò.
Naturalmente a interpretare la parte principale doveva essere Jenny.
A quel punto occorreva trovare un musicista. E a chi rivolgersi, per avere garantito il successo, se non al più popolare, al maestro del kolossal musicale (Grand Opéra) Jakob Meyerbeer, l'autore di *Robert le Diable* e di *Les Huguenots*?
Programma ambizioso: il Grand Opéra era, per lo

1. Nerval era un lettore di Dante ed è possibile che quell'idea lo abbia attraversato, ma in modo fugace, come infinite altre idee che andavano e venivano.

show business dell'epoca, un po' quello che nel XX secolo sarebbe stata Hollywood. Passando dall'Opéra-Comique al Grand Opéra, Jenny sarebbe diventata una star, come i personaggi femminili della mitologia antica ammessi fra le costellazioni.
Ma l'incontro col musicista non avvenne mai.
Molti anni più tardi Nerval raccontò che, a distrarlo dall'appuntamento, fissato per le sette del mattino, erano stati un ballo mascherato, le lacrime notturne di un'amica abbandonata e, all'alba, una prima colazione *à Madrid.* « Fare colazione a Madrid »: così si diceva nel giro – come se il tappeto volante del principe Ahmed, inventato da Galland nelle sue *Mille e una notte,* rendesse possibile trascorrere le ore delle tenebre a Parigi e salutare il sorgere del sole in Castiglia.
Le Madrid era un caffè nel Bois de Boulogne. La semplice omissione di una lettera (« à Madrid » invece che « au Madrid ») bastava a creare una magia.

Nel 1838, a pochi mesi dall'incontro con Nerval, la brava e sensata Jenny sposò un umile suonatore di flauto, si trasferì a Bruxelles e nel 1843 morì, a soli trentaquattro anni.
Ma la regina di Saba, la figlia dell'Arabia Felice, patria arsa e luminosa di tutti gli aromi, continuò a visitare la mente di Nerval. L'avrà visitata anche a Montmartre, nella casa del dottor Blanche, dove si curavano i folli, e dove Nerval fu ricoverato per la prima volta nel 1842.
Dimesso, scomparve per un anno, non frequentò più gli amici, scelse di nascondersi, e nessuno sa dove e di cosa sia vissuto; si sa solo che verso la fine del 1843 partì per l'Oriente, dove sarebbe rimasto per un altro anno, in Egitto, in Libano, a Istanbul.

Se in gioventù aveva sognato di entrare a far parte della corporazione dei Poeti, ormai preferiva definirsi solo *un humble prosateur*, un umile prosatore.
Del 1851 è la prima edizione, presso l'editore Charpentier, dei due volumi del *Voyage en Orient*.
Dopo avere ripreso, da alcuni anni, il suo posto nella società parigina, e la collaborazione ai giornali, Nerval contava su quell'opera per dare un po' di consistenza a una fama volatile, evanescente, sempre sul punto di svaporare, come un profumo; soprattutto avara di ricadute finanziarie.
Era sua intenzione impressionare anche con la mole. Quel libro dalle molte pagine era una dimostrazione, davanti al tribunale degli amici e, ovviamente, a quello paterno, della sua laboriosità.
Non era vero che fosse pigro, come dicevano tutti: aveva già scritto molto, anche se i suoi testi, spesso firmati con pseudonimi diversi da quello che aveva finito per adottare,[1] restavano dispersi su un gran numero di giornali, non necessariamente fra i più autorevoli e diffusi.
Nerval cercò di farcire il *Voyage* in tutti i modi possibili. Finse un itinerario più lungo, aggiungendo pagine su Vienna, e soprattutto inserì due digressioni di carattere narrativo che si aprivano davanti al lettore sorpreso come slarghi mirifici nel labirinto di un bazar.

Il più vasto e importante di quegli slarghi s'intitolava *Histoire de la reine du Matin et de Soliman prince des génies* e raccontava la storia di re Salomone (per gli Arabi

1. All'anagrafe il suo nome era Gérard Labrunie.

Solimano) e del suo architetto, l'uomo che aveva costruito e ornato il Tempio di Gerusalemme.
Ma il cuore della storia era il più antico dei suoi amori e il fiore delle sue notti: Balkis, la regina di Saba.
Una Balkis dal «corpo flessuoso» e dalle «magnifiche trecce d'ebano».

Quando, spinto dall'ansia di dilatare l'opera, Nerval decise di inserire quelle pagine nel *Voyage en Orient*, finse che si trattasse di un *conte arabe*, un racconto arabo udito dalla voce di un narratore orale, in un caffè di Istanbul, durante le notti del Ramadan; del resto anche Galland, nelle *Mille e una notte*, aveva travestito da racconti orientali le sue invenzioni.
Il progetto iniziale (scrivere un libretto d'opera per Meyerbeer)[1] aveva cambiato forma e si era senza dubbio arricchito di nuovi episodi e di nuovi colori, dovuti a esperienze spesso dolorose, a letture e a viaggi, ma la sua influenza perdurava nella nuova versione: era come se Nerval descrivesse la *mise en scène* di un libretto che non esisteva.
La storia dell'amore di Solimano per la regina di Saba era presente tanto nella Bibbia quanto nel Corano; ma l'amore tra la regina e il costruttore del Tempio, che Nerval chiama Adoniram (anche se le varie tradizioni, tra cui quella massonica, gli attribuiscono più spesso il nome Hiram), era una sua invenzione.
Alternò interni ed esterni, giorni e notti, duetti e

1. Progetto che ebbe una sua realizzazione, per la verità alquanto maldestra, a sette anni dalla morte di Nerval, il 28 febbraio 1862, quando all'Opéra di Parigi si tenne la prima rappresentazione della *Regina di Saba* musicata da Charles Gounod. Il libretto, di Jules Barbier e Michel Carré, ricalcava il testo narrativo nervaliano, in molti casi parola per parola.

scene di massa, come se fosse stato Scribe, il librettista principe del Grand Opéra; insomma filtrò una finzione attraverso le regole di un'altra, il cui codice era conosciuto da tutti.

« Mai si erano visti tanti cavalli, tanti cammelli, e una così ricca legione di elefanti bianchi condotti da un così numeroso sciame di Etiopi neri ».[1]
Il sorriso che avrà sfiorato Nerval mentre scriveva frasi del genere (diversamente dal teatro, la letteratura consentiva di abbondare senza spesa che non fosse di parole) nulla sottraeva allo stupore e all'incanto. Solo di ciò che si ama è possibile sorridere senza guastare l'illusione; e Nerval amava quella macchina dei sogni che è il teatro.
Giacché (il lettore un po' percettivo se ne accorge subito) è a teatro che ci troviamo; l'azione *vera* non si svolge a Gerusalemme, ai tempi di Salomone, ma su una scena attrezzata per accogliere grandi movimenti di folle e architetture sontuose o barbariche, cupi sotterranei e sale dal pavimento di cristallo che sembra acqua,[2] rivoli di metallo fuso che irrigano uno scenario notturno sostituendo ogni altro tipo d'illuminazione, sale del trono e opifici tenebrosi, offuscati da vapori e velami simili a quelli della nascente società industriale, fulgori del mattino e crepuscoli... tutto questo idealmente visto da una platea, nel cuore dell'Ottocento.
Sono le convenzioni del Grand Opéra a governare, scena dopo scena, la distribuzione dei materiali, a

1. Si veda sopra, p. 23.

2. L'episodio in cui la regina di Saba esita a mettere piede nella sala dal pavimento di specchi perché la ritiene inondata d'acqua sembrerà a molti lettori una fantasia di Nerval; invece è già nel Corano.

creare indugi, surplace, a moderare gli scorrimenti di un sogno, non diversamente da una serie di chiuse che regolino gli scorrimenti dell'acqua entro gli argini di un canale.

Mai aveva scritto un testo altrettanto *fignolé*, rifinito, controllato in ogni sviluppo e in ogni particolare.
Come ho già detto, Nerval inclinava per natura al fluido, e *Sylvie* è un esempio supremo di equilibrio fra controllo e fluidità. Di *Aurélia* è stato detto che anticipa la poesia moderna (i *Petits poèmes en prose* di Baudelaire...) perché « deriva la sua coerenza, non più dai codici, ma da un'esigenza interna ».[1]
Il racconto sulla regina di Saba incluso nel *Voyage en Orient* si situa al polo opposto: trae la sua coerenza dalla sottomissione a un codice, che è quello teatrale.

In *Aurélia* Nerval parla della follia come dell'« épanchement du songe dans la vie réelle », del sogno che esonda e si sparge nella vita reale; *épanchement* è traboccamento, spandimento.
Nella pagine dell'*Histoire de la reine du Matin et de Soliman prince des génies* assistiamo a un altro *épanchement*: quello del metallo che, durante la fusione, dilaga dallo stampo di un'opera colossale, il mare di bronzo, tracima dai canali di sabbia predisposti, semina morte e distruzione.
« Improvvisamente Adoniram si accorge che il fiume di metallo straripa; spalancata, la sorgente vomita torrenti; la sabbia crolla sotto il peso eccessivo; Adoniram guarda il mare di bronzo: lo stampo tra-

1. Cito la presentazione di *Aurélia* nella « Pléiade » (*Œuvres complètes*, Gallimard, Paris, vol. III, 1993, p. 1330), firmata dal condirettore dell'edizione, Jean Guillaume.

bocca; al sommo si apre una fessura; la lava cola da tutte le parti ».[1]
In modo consapevole o inconsapevole, in quel traboccamento Nerval figura l'altro di cui avrebbe parlato in *Aurélia* (quello del « sogno nella vita reale »). I due testi, così diversi, convogliano immagini e materiali simili. Mi azzarderò a dire che Nerval descrive un fenomeno psichico (le sue crisi di follia) in chiave di Grand Opéra, di catastrofe-spettacolo, di kolossal.
Il disastro spalancherà ad Adoniram le porte del Regno del Fuoco, dove scenderà attraversando il centro del braciere, guidato da Tubal-Kain, il figlio di Caino.

« Prendi un pezzo di metallo fuso, scaldalo da un lato, raffreddalo dall'altro, e colpiscilo con un maglio: una fenditura separerà la parte calda dalla fredda. Così avviene anche con le terre e con i cristalli ».[2]
Il consiglio di Tubal-Kain ad Adoniram, una volta riemersi dal loro viaggio nel fuoco, è *anche* il protocollo di una terapia, quella che il *lucido* Nerval cercò di applicare a se stesso, finché poté: occorreva *riscaldare l'immaginazione e raffreddare la ragione*; poi, con un colpo di maglio, separare l'una dall'altra.
Nulla d'irreparabile era accaduto durante la fusione del mare di bronzo; Adoniram doveva semplicemente eliminare qualche *bavure*, qualche sbavatura rimasta: era il compito che anche Nerval si assegnava, ogni volta che la sua psiche traboccava.

Testi biblici, come i Libri dei Re o le Cronache, il Co-

1. Si veda sopra, p. 77.
2. Si veda sopra, p. 100.

rano, la *Leggenda aurea* di Jacopo da Varagine,[1] la *Bibliothèque orientale* di D'Herbelot, il *Recueil précieux de la Maçonnerie adonhiramite* di Guillemain de Saint-Victor erano tra le fonti da cui Nerval aveva attinto notizie; altre le avrà raccolte durante il viaggio in Oriente; si servì di tre tradizioni principali, quella ebraica, quella coranica e quella massonica, e delle loro frange, soprattutto gnostiche, censite nel repertorio di D'Herbelot; ma la storia che raccontò aveva come sfondo una *leggenda* che non coincideva con nessuna tradizione, e non poteva dirsi nemmeno sincretistica.
Era una sorta di grumo incandescente formatosi nella sua mente, l'emersione violenta di un Mito delle Origini in un individuo dalla conformazione psichica delicata e vulnerabile.

Questo era il Mito.
Esistono da sempre, seppure mescolate, due razze di uomini: una discesa da Adamo, la statua in cui Geova aveva soffiato la vita dopo averla plasmata nel fango; l'altra da Eblis, lo Spirito del Fuoco, il Satana arabo che, nella tradizione ebraica e cristiana, striscia nel Paradiso Terrestre sotto forma di Serpente.
Eva si era congiunta con entrambi: da Adamo aveva avuto Abele, amato da Geova; da Eblis, Caino, verso cui Geova aveva nutrito solo ostilità e astio.
Le ingiustizie di cui era oggetto avevano spinto Caino a spargere il sangue di Abele.

1. La regina di Saba che riconosce il legno della prima vite piantata da Noè è in Jacopo da Varagine; Piero della Francesca dedicò all'episodio un riquadro del ciclo di affreschi *Storie della Vera Croce*, nella basilica di San Francesco ad Arezzo.

Dopo il Diluvio, che aveva segnato la fine del Mondo antico – epoca luminosa in cui, nonostante l'inimicizia di Geova, i Figli del Fuoco avevano costruito manufatti iperbolici come la gigantesca città di Enochia e le Piramidi –, la discendenza di Adamo era sopravvissuta nella persona di Noè; ma anche quella di Eblis, che Geova avrebbe voluto estinguere, non si era estinta.

Disceso nelle viscere della terra attraverso un camminamento che partiva da una porticina della Grande Piramide, l'ultimo superstite dei Figli del Fuoco era infine riemerso alla superficie di un pianeta deserto e aveva visto « animali rachitici, piante contorte, un sole pallido e senza calore, qua e là mucchi di fango infecondo su cui strisciavano rettili ».[1]

Abituato a un altro habitat, a un clima più vivo e ardente, non aveva potuto resistere, in quella terra desolata; ma il suo unico figlio, avuto dalla sorella Noema, era riuscito, sia pure dolorosamente, ad adattarsi alle nuove condizioni; e, come lui, si erano adattati i suoi discendenti, a cominciare da Nemrod, che aveva insegnato agli uomini la caccia e fondato Babilonia.

Destinati a servire, disprezzati, soli, incapaci di riconoscersi tra loro, i Figli del Fuoco si erano sparsi in un mondo dominato da Geova e dai Figli del Fango. Essere umiliati, lavorare per tutti, spendere « invano genio, industriosità e forza delle braccia »,[2] soffrire per la miseria, per la fame e per l'oscurità era la sorte che l'implacabile Geova aveva riservato alla discendenza di Eblis.

Questo mito faceva da fondale all'incontro della re-

1. Si veda sopra, p. 94.

2. Si veda sopra, p. 98.

gina di Saba e di Solimano. Balkis era una Figlia del Fuoco, come Adoniram; sfuggendo alla condanna che avrebbe dovuto celare ai loro occhi quell'affinità, si erano riconosciuti e si erano amati.
Solimano, l'uomo del potere, che avrebbe voluto sposare Balkis e aveva fatto uccidere Adoniram,[1] era invece un Figlio del Fango, un discendente di Adamo.

Accade che l'immaginazione sia troppo ardente, nelle sue creazioni e contaminazioni, per la debole macchina corporea che la ospita, e che, a causa di quell'eccesso di forza, agisca sul fisico logorandolo, aprendo crepe, impedendo il riposo.
Quel mito, che aveva fatto irruzione in Nerval, permetteva di attribuire un fondamento non solo alla grandezza e alla bellezza delle creazioni degli uomini, ma anche all'infelicità, alla solitudine, al dolore di non essere riconosciuti, alla malinconia inesprimibile che in certi momenti gravava sullo spirito e sul corpo; e proprio a causa della sua potenza, non poteva essere raccontato senza un intimo scuotimento.
Per presentarlo, Nerval adottò tutta una serie di precauzioni: non solo lo sottomise alle convenzioni di un genere (il Grand Opéra), ma lo avvolse di materiali non conduttori o cattivi conduttori del calore, in modo da abbassare la temperatura, da ridurre l'ustione.

Ho già elencato alcune delle *fonti* che fornirono materiali a Nerval; ma la *fonte* decisiva, che creò le con-

1. L'uccisione di Adoniram costituisce il cuore delle leggende e dei rituali massonici. Da un lato il *politico* (Solimano), dall'altro l'artefice, il *produttore* (per usare il termine caro ai sansimonisti): questo conflitto trova un corrispettivo, in terra greca, nella storia di Minosse e Dedalo.

dizioni perché il mito si coagulasse, fu senza dubbio il XIX secolo: la sua cultura, le folle in mezzo alle quali Nerval amava confondersi, sparire, indossando il più anonimo degli abiti...

Al Kunsthaus di Zurigo è possibile vedere uno schizzo di J.H. Füssli che ha per titolo *La disperazione dell'artista davanti all'imponenza delle rovine antiche.*

Geniale *vignetta*, in cui l'artista appare piccolo e insignificante, a fianco di un piede e di una mano smisurati; evoca irresistibilmente gli sconforti dell'Adoniram nervaliano.

È solo un esempio dei molti topoi della cultura ottocentesca (e tardosettecentesca) disseminati qua e là.

Da un lato Geova, re e creatore imperfetto, detentore geloso e meschino del Potere; dall'altro i non sottomessi, i proscritti, gli errabondi: Prometeo cantato da Shelley, Caino celebrato da Byron, Satana in cui Vigny aveva visto il primo ribelle contro « la noia del cielo »: colossali e malinconiche, quelle figure – quei refrattari, quegli insubordinati... –, che filtravano per una nuova epoca il pathos delle folle rivoluzionarie, avevano popolato il vestibolo dell'Ottocento, in un'Europa ancora scossa dalle intemperanze di cui si era scoperta capace: la Rivoluzione, il regicidio...

Temi e figure ripresi da Nerval; ma in lui l'*ebbrezza della bestemmia* si colora di altre screziature, s'intride della *tendresse* di un docile adoratore di deità femminili, di un devoto di Iside e di Maria di Nazareth.[1]

1. Al tempo di Nerval molti *ispirati* vivevano in attesa di una Religione della Madre. Basti pensare ai sansimonisti, che migrarono in Oriente (dove avrebbero scavato il canale di Suez) alla ricerca della Donna Messia.

I miti antichi si stagliano su uno sfondo atemporale; quelli moderni, nuovi o frutto di rielaborazioni, sono le ombre lunghe di personaggi e avvenimenti che, in un certo giro di anni, hanno occupato (o occupano) il proscenio.
Camminando in una città si è sfiorati da milioni di visi, immagini, insegne, manifesti, abiti, e in certi individui male acclimatati, spesso dall'equilibrio psichico minacciato, quel défilé quotidiano si presenta sotto forma non di *realtà*, ma di teatro e fantasmagoria.
A volte il più lieve degli sfioramenti lascia intuire una potenza che si mimetizza, dèi o dee che a un certo punto hanno lasciato credere di essersi ritirati dal mondo, ma continuano a circolare in incognito, con abiti e portamento da *contemporanei*; li riconosce solo *una mente che si lasci rapire* (come quella di Nerval): che sappia scorgere, dietro le maschere del quotidiano, del prosaico, del *moderno*, la retroilluminazione del mito.
Negli anni in cui visse Nerval, pensieri antichi, ma carichi di futuro, vagavano nell'aria come nugoli di vapore, assumendo colorazioni diverse a seconda delle menti che attraversavano.
Nerval aveva immaginato il mito delle due razze; in quello stesso periodo Joseph-Arthur de Gobineau stava lavorando al suo *Essai sur l'inégalité des races humaines.*

La regina di Saba chiede di passare in rassegna gli operai di Adoniram.
Solimano non crede possibile radunarli perché sono mescolati alla folla di milioni di persone che ha invaso Gerusalemme; ma basta che Adoniram tracci nell'aria una linea orizzontale e dalla sua metà fac-

cia cadere una perpendicolare, « disegnando due angoli retti, quali li produce un filo a piombo sospeso a un regolo »,[1] perché il mare della folla s'increspi e si rimescoli, gruppi si formino, un esercito si metta in moto.

« ... centomila uomini allineati in pochi istanti avanzano in silenzio da tre parti contemporaneamente. I loro passi pesanti e regolari fanno rimbombare la campagna. Al centro si riconoscono i muratori e tutti quelli che lavorano la pietra: i maestri in prima fila, poi gli operai, e dietro di essi gli apprendisti. Alla loro destra, disposti secondo la stessa gerarchia, vengono carpentieri, falegnami, uomini della sega e della pialla; a sinistra, fonditori, cesellatori, fabbri, minatori, e tutti quelli che si dedicano all'industria dei metalli ».[2]

Quel segno nell'aria basta a rivelare l'esistenza del Popolo al saggio Solimano « che credeva di sapere tutto, e non l'aveva nemmeno immaginata ».[3]

Proprio mentre Nerval scriveva quella pagina, un altro « segnale di adunata » veniva emesso: un'intimazione a unirsi, rivolta ai « proletari di tutto il mondo ».

Prigionieri di vasi, lampade e altri recipienti, continuavano a esistere genii che, volontariamente o involontariamente, potevano essere evocati.

C'è un argomento – la Massoneria – sul quale sembra quasi obbligatorio soffermarsi, anche perché una lunga serie di pubblicazioni discute se Nerval fosse o non fosse massone.

1. Si veda sopra, p. 50.

2. Si veda sopra, p. 51.

3. Si veda sopra, p. 53.

In una pagina esilarante e mai citata – un episodio della biografia di Jacques Cazotte, che appare negli *Illuminés* – Nerval aveva previsto questo genere di discussioni.

Dopo la pubblicazione del *Diable amoureux*, Jacques Cazotte era stato avvicinato, racconta Nerval, da un personaggio avvolto da un ampio tabarro e l'aria grave dello studioso. Lo sconosciuto aveva tracciato nell'aria strani segni, che Cazotte non era riuscito a capire; e poiché il personaggio perseverava in quel suo comportamento, disegnando segni sempre più complicati, Cazotte si era spazientito.

A quel punto l'altro aveva parlato.

« "Mi scusi, signore, credevo che lei fosse uno dei nostri, e del più alto grado".

« "Non capisco che cosa intenda dire" rispose Cazotte.

« "In questo caso, dove ha attinto i pensieri che predominano nel suo *Diable amoreux*?".

« "Dal mio spirito, se non le dispiace".

« "Possibile che quelle figure evocate tra le rovine, quei misteri della Cabala, quel potere occulto di un uomo sugli spiriti dell'aria, quelle teorie così sorprendenti sul potere dei numeri, sulla volontà, sulla fatalità dell'esistenza lei si sia limitato solo a immaginarli?".

« "Ho letto molti libri, signore, ma senza dottrina e senza un metodo particolare".

« "Dunque non è nemmeno frammassone...".

« "Nemmeno quello".

« "Ebbene, signore, o per un dono naturale, o per caso, lei ha penetrato segreti che sono accessibili solo agli iniziati del più alto grado, e forse a questo punto sarebbe prudente che si astenesse da altre rivelazioni del genere".

« “Davvero ho fatto questo?” esclamò Cazotte spaventato “e io che pensavo solo di divertire il pubblico...” ».
Evidentemente quello sconosciuto, lucidamente immaginato da Nerval, ignorava cosa fosse la letteratura, e come funzionasse.
Non era il primo, e non sarebbe stato l'ultimo.[1]

Quelli che un tempo erano stati miti, e avevano spiegato il mondo, si presentavano ormai, nel momento in cui emergevano dentro il cervello di un uomo, come deliri e malattie; e la letteratura era l'unico *ridotto* in cui potessero ancora manifestarsi, soprattutto per opera di menti ingenue, facili a essere possedute.
È sotto forma d'incubo passeggero che lo scrittore tedesco Jean Paul aveva presentato un altro mito, un altro grumo incandescente: il *Discorso del Cristo morto dall'alto dell'edificio del mondo sull'inesistenza di Dio.*
Dio non c'era più, era *morto*: per lo scrittore tedesco, che concepiva la «perfetta felicità» come «limitazione della coscienza», si trattava solo di un brutto sogno; un suono di campana poteva dissolverlo. Nerval trasferì quel mito in francese, in un ciclo di cinque sonetti intitolati *Le Christ aux Oliviers.* Nella sua interpretazione, nessun suono di campana, nessun «rintocco di un vespro lontano», medicava l'orrore di un universo vuoto e senza Padre.

Il racconto contenuto nel *Voyage* non aveva un solo colore, né un'intensità costante.

1. Sicuramente Nerval aveva letto libri massonici e forse avrà anche avuto contatti con la Massoneria. Rivendicava persino il titolo di Maestro e sosteneva di godere di alti appoggi; ma questo avveniva durante l'ultima parte della sua vita, nel periodo dei deliri, e aveva lo scopo di persuadere il suo medico, il dottor Blanche, a dimetterlo.

Alla faccenda dolorosa delle due razze e al viaggio nel mondo sotterraneo si affiancava una parte diurna e aerea, luminosa e amabile come il tremante baldacchino formato dagli uccelli variegati che, a somiglianza di una pergola volante, riparavano dal sole Solimano e la regina di Saba.
Nessun vaudeville, nessuna «commedia sofisticata» hollywoodiana avrebbero mai raggiunto l'eleganza delle pagine dove i due personaggi civettavano e si corteggiavano disputando di estetica e di teologia.
C'era tutta la grazia e l'irriverenza del Settecento nelle parole con cui la regina di Saba canzonava le ambizioni letterarie e la saggezza un po' pomposa del suo illustre ospite – Salomone (o Solimano), l'autore assai illustre dell'*Ecclesiaste*, del *Cantico dei Cantici*, dei *Proverbi*...
Veniva da pensare che Balkis avesse imparato a conversare da Voltaire (forse anche lui uno spirito dell'aria, leggero e svolazzante); conosceva l'arte del sarcasmo, ma questo non le impediva di intenerirsi.
A un certo punto si era sentita addirittura vicina ad amare quell'uomo più vecchio di lei, e di un'altra razza: «Oh, se fosse stato possibile guarirlo dalle sue fisime d'autore... Si era mantenuto dolce, affabile e assai ben conservato».[1]
In quell'addolcimento, che è uno dei tratti più belli del *conte arabe* (come Nerval lo chiamava, benché la storia fosse sua, e il progetto avesse preceduto di molto il viaggio in Oriente), c'è tutto Nerval.

Nel Corano l'uccello Hud-Hud, l'upupa, appartiene a Solimano, ma Nerval ne attribuisce la proprietà alla regina di Saba. È l'upupa che domina gli spiriti

1. Si veda sopra, p. 31.

agili dell'aria; il saggio Solimano ne cercherà invano l'approvazione.
La luce e il calore che si sprigionano dalla regina del Mattino nascono da una particella del fuoco centrale, ma schermato, ingentilito, diventato fuoco respirabile.
È la virtù della donna: presentare ciò che è terribile e tenebroso – l'Enigma dell'esistenza, « al quale » come scrisse Nerval « il Saggio non sa rispondere » – in una forma familiare, tenera e insieme vivace.

Vi sono in Nerval versi che, appena sfiorati, s'imprimono nella memoria, come se contenessero la fisionomia della sua mente:

Et la treille où le pampre à la rose s'allie[1]

nel *Desdichado*; oppure:

Le pâle Hortensia s'unit au Myrthe vert![2]

in *Myrtho*; ancora in *Myrtho*:

Aux raisins noirs mêlés avec l'or de ta tresse.[3]

Le citazioni si potrebbero moltiplicare. Per esempio, tornando alla prosa: « Benoni aveva trascorso l'infanzia nelle scuole, e la giovinezza al di là della Siria, sulle rive fertili dove l'Eufrate, ancora modesto ruscello, vede soltanto pastori che sospirano le loro canzoni all'ombra di lauri verdi stellati di rose ».[4]
Queste *alliances*, questi abbracci spontanei di una vegetazione mischiata manifestano l'inclinazione a un sincretismo che naturalmente non era solo botanico.
Si direbbero tracce mnemoniche, ancora vivide, del

1. « La pergola dove il pampino alla rosa si sposa ».
2. « La pallida Ortensia si unisce al Mirto verde ».
3. « Alle uve nere mischiate all'oro della tua treccia ».
4. Si veda sopra, p. 13.

Giardino (o Paradiso), prima e provvisoria dimora della specie umana, dove Eva, la prima donna, aveva intrecciato amori promiscui con Adamo, la statua di fango, e con Eblis, lo Spirito del Fuoco (che in certe occasioni poteva assumere la forma di serpente o di drago).

Qualche volta la mente di Nerval traboccava; ma, finché le pareti del recipiente tenevano, Dèi e Dee, Brune e Bionde, Occidente e Oriente, Illuministi e Illuminati, Francia e Germania, Settecento e Ottocento, tutto si assiepava sotto forma d'intreccio spontaneo, di pergola screziata, come il mirto intrecciato ai pampini o alle rose.

E in mezzo a quella pergola svolazzava Hud-Hud, l'upupa, che Eugenio Montale avrebbe chiamato un secolo più tardi «ilare uccello calunniato dai poeti»[1] – l'upupa, guida vivace e saltellante degli spiriti dell'aria, di un mondo luminoso e incostante, così diverso da quello doloroso e travagliato dei Patriarchi.

LA PRIMA TRA LE FIGLIE DEL FUOCO

Non è la prima volta, nemmeno in Italia, che il *conte arabe* appare in un'edizione a parte, separato dal *Voyage en Orient*; ma è la prima volta che viene pubblicato senza i raccordi tra capitolo e capitolo, ambientati in un caffè di Istanbul, e con un titolo diverso da quello con cui appariva nel *Voyage* (*Histoire de la reine du Matin et de Soliman prince des génies*).

Per giustificare queste scelte partirò dall'estate 1853,

1. Il calunniatore era Ugo Foscolo che, mal indirizzato dal suono (le due *u*), nei *Sepolcri* lo trasformò in un uccello notturno e malaugurante, mentre è un uccello diurno, e dei più graziosi.

e da due lettere scritte da Nerval a uno dei suoi editori, Charpentier.

La « questione d'Oriente »... non si parlava d'altro, nei salotti, nelle redazioni, durante quei mesi: chi avrebbe ereditato le terre un tempo di Bisanzio? le vaste contrade ancora governate dal « malato d'Europa » – l'Impero ottomano?
A farsi avanti, rompendo gli indugi e dichiarando per primo le proprie pretese di ultimo erede dell'impero fondato da Roma, era stato Nicola I, zar di tutte le Russie.
Il 2 luglio il suo esercito aveva invaso Moldavia e Valacchia.
Oriente... Oriente...: quella parola cangiante e magnetica, che sin dalla giovinezza era stata attiva nella mente di Nerval e che di continuo era tornata nelle sue fantasticherie e nei suoi scritti, circolava ora, simile a un'eco distorta, lievemente beffarda, sulla bocca di tutti: in strada, nei caffè...
Chiacchiericcio che sfiorava Nerval dovunque andasse: la *cosa* di cui tutti parlavano faceva parte dell'attualità, della politica... ma gli sarà sembrato, in certo modo, che parlassero di lui.

Il *Voyage en Orient* era uscito due anni prima con una tiratura di 1500 copie, buona parte delle quali giaceva ancora nei magazzini.
Una decina di giorni dopo l'invasione della Valacchia e della Moldavia Nerval scrisse all'editore Charpentier una lettera in cui prospettava la possibilità di un rilancio che sfruttasse il fiorire d'interesse per l'Oriente; una promozione, « dans ce moment où l'on s'occupe de la question d'Orient ». La sua

intenzione era prendere contatto con diversi giornali: «Le Siècle», «Le Pays», «Le Moniteur»...
Una sorta di *campagna d'Oriente*, dunque: una di quelle audaci e ingenue strategie che, accompagnate da sprazzi di felicità, rischiarano come un lampo la mente degli scrittori, promettendo di far vendere libri che non si vendono.
Le Grandi Potenze (Francia, Inghilterra, eccetera... e soprattutto l'Attualità, che ormai poteva contare sui servigi del telegrafo, e la cui tirannia sulla mente degli uomini si accresceva di giorno in giorno) sembravano assecondare il proposito.[1]
Qualcosa, del resto, era già stato fatto: il signor de Limayrac, collaboratore della «Presse», aveva promesso non una semplice citazione, ma un articolo intero: «tout pour moi», tutto per me, annunciava Nerval.
Lo scopo immediato della lettera era, appunto, far sì che l'editore recapitasse, a sue spese, una copia del *Voyage* al signor de Limayrac, rue des Batailles 9, Chaillot.
In altre occasioni Nerval si era procurato delle copie, pagandole; ma, trattandosi di un'operazione che mirava a smaltire le giacenze – «c'est l'histoire d'écouler notre édition à la faveur de l'affaire d'Orient...» – gli sembrava ragionevole un invio a carico dell'editore, che, in caso di ristampa, avrebbe potuto rivalersi sui diritti.[2]

1. A Torino il conte di Cavour, un po' come Nerval, ma con maggior successo, vide nella guerra che si preparava un'occasione.

2. Forse Nerval non avrebbe potuto pagare quella copia, neanche volendo. Già si lasciava scivolare, con noncuranza, lungo la china dell'indigenza. Non era lontana, ormai, l'epoca in cui non avrebbe più avuto un tetto, né un cappotto con cui ripararsi dal freddo dell'ultimo inverno.

Tutto qui; a parte l'annuncio che presto sarebbe apparso un suo «articolo» sulla «Revue des Deux Mondes».
La cosa gli faceva piacere perché da tempo la gente non vedeva più la sua firma sui giornali, e lui non si adombrava certo se qualcuno si adoperava per resuscitarlo un po': «je ne suis pas fâché des propositions tendant a me ressusciter un peu».
Quello che Nerval chiamava, con negligenza, «un articolo», era *Sylvie*, il suo capolavoro.

La lettera comprendeva un poscritto: «J'irai vous parler pour les fragments bons aussi, je crois, dans l'intérêt du livre»: «le parlerò poi della questione dei frammenti, che potrebbero tornare buoni, credo, nell'interesse del libro».
Per l'editore il significato sarà stato chiaro: si trattava di offrire ai giornali brani del *Voyage* perché li pubblicassero, naturalmente a scopo promozionale. Sicuramente Nerval e Charpentier ne avevano già discusso, se quell'accenno bastava.
L'ipotesi prese corpo in una lettera successiva, inviata a Charpentier nella seconda metà di agosto.

Mio caro Charpentier,

lei mi ha dato il permesso di riprodurre un brano del mio viaggio in un giornale. Ho dato al «Pays» il racconto arabo del secondo volume intitolato *Histoire de Soliman prince des génies*. Mi scriva se ha obiezioni su questa scelta. Quel brano è sepolto lì [*enterré là*], e [la sua pubblicazione sul «Pays»] potrà solo giovare al libro, che verrà pubblicizzato con un annuncio. Ho altre cose di cui parlarle, al suo ritorno; il brano apparirà nel demi-feuilleton dedicato alla ripresa di testi già editi, nella terza pagina del giornale, dunque senza grande risalto. Il suo devoto

Gérard de Nerval

Ho bisogno di una risposta immediata se possibile.

Nerval non usa più la parola frammenti (*fragments*), ma parla di un brano (*morceau*).
Il meno che si possa dire è che lo slittamento non è ingiustificato: quello che ha passato al « Pays » non è un semplice *frammento*, e neppure un *brano*. Ha le dimensioni di un libro, neppure troppo esile.

Indizi dell'imbarazzo di Nerval per quella che gli sarà apparsa una gherminella – se non addirittura un furto:
a) nella lettera del luglio parlava di un rilancio in grande stile; ora del rilancio non parla più – anche se insiste sul giovamento che il libro trarrà dalla pubblicazione del *morceau* – e anzi, per rassicurare l'editore, che potrebbe sentirsi espropriato, tiene a sottolineare che la pubblicazione non avrà grande risalto (si farà, ma « sans grand éclat »);
b) la citazione erronea del titolo: *Histoire de Soliman prince des génies*, invece di *Histoire de la reine du Matin et de Soliman prince des génies*. Forse, nella mente di Nerval, la *reine du Matin* (quel personaggio che lo aveva visitato e accompagnato per tutta una vita) non abitava già più nelle pagine eteroclite del *Voyage*: era migrata altrove.
Quello di Nerval è insomma un tentativo di riappropriazione.
Nerval chiedeva una risposta sollecita, a causa dell'urgenza, e senza dubbio la risposta arrivò immediata, e positiva: tanto che, a partire dal 27 agosto, e sino al

14 settembre 1853, il *morceau* apparve a puntate sul «Pays», con il titolo *La reine de Saba.*
Nel testo, per il resto esente da aggiunte o correzioni, erano stati soppressi i raccordi tra capitolo e capitolo.

Il lettore non si lasci fuorviare dal carattere pratico e ragionevole delle lettere di Nerval a Charpentier: nel 1853, a quarantacinque anni, la sua vita, e la sua ragione erano ormai sempre più deboli, meno capaci di resistere agli assalti della follia.
Il 26 agosto (la pubblicazione a puntate della *Regina di Saba* non era ancora cominciata) Nerval fu ricoverato nella clinica del dottor Blanche; da quel momento, e sino alla fine (febbraio 1855), non ci sarebbero più stati che crisi, temporanee dimissioni e nuovi ricoveri.
Occorreva fare presto.
Nerval lo sapeva e, tra un delirio e l'altro, lavorava febbrilmente. Aveva ancora delle cose da scrivere, e soprattutto doveva mettere ordine in quelle che aveva scritto.
Uno dei suoi progetti era riunire in un volume una ghirlanda di racconti, ognuno dei quali avrebbe avuto per titolo un nome di donna: *Angélique, Sylvie, Jemmy, Octavie, Isis, Corilla, Émilie...*
Era come se tutti quei testi, alcuni dei quali vecchi di più di un decennio, e disseminati sui giornali, avessero bisogno, per Nerval, di un'*intercessione femminile.*
Non è forse uno degli uffici propri delle donne proteggere le anime dalla dispersione, dal triste scialo? I fantasmi femminili che avevano visitato la sua mente e impetrato per lui si sarebbero dati convegno nel nuovo libro, come per una piccola apocatastasi.

Il progetto si realizzò nel 1854, con l'uscita, presso l'editore Guiraud, delle *Filles du feu*.
A somiglianza delle vestali romane o irlandesi,[1] quelle figure dovevano custodire e controllare il fuoco che gli aveva incendiato la mente; impedire che tutto diventasse cenere.
La titolazione *al femminile* non si limitò a quei racconti, si estese ad altri testi scritti in quel periodo: *Pandora*, il postumo e incompiuto *Aurélia*...

Mancava, a quella ghirlanda, il fantasma più antico, quello che aveva abitato la mente di Nerval sin dalla prima giovinezza: la regina di Saba.
Era lei la prima Figlia del fuoco. Quel titolo era legato al suo mito.
Collocare *La regina di Saba* (dispersa, non nei giornali, ma in un libro troppo vasto) all'interno delle *Filles du feu* avrebbe sbilanciato l'intera opera; soprattutto non era possibile, giacché i diritti erano stati venduti a Charpentier.
Forse, se ci fosse stato tempo, se non fosse stato così tardi, Nerval avrebbe in anni successivi pubblicato un'edizione a parte, che restituisse a quelle pagine statuto e dignità di testo autonomo.
Tutto fa credere che quel desiderio abbia attraversato Nerval, tra un ricovero e l'altro.
Fece quel che poté: pubblicò il cosiddetto *conte arabe* su un giornale, con il titolo *La regina di Saba*, e lo liberò, con pochi tratti di penna, dalle scorie che lo appesantivano.

1. Forse proprio alle vestali irlandesi Nerval doveva il titolo del suo libro. Nell'*Histoire de France* Jules Michelet aveva parlato di quelle Vergini del Nord, citando una delle formule che servivano a indicarle (*inghean an Dagha*) e traducendola « figlie del fuoco ».

Questo non impedì che, nella considerazione dei lettori e degli editori, il *conte arabe* restasse un'opera dallo statuto incerto, una sorta di periferia per curiosi e specialisti.
Invece è uno dei capolavori di Nerval.

Cambiare titolo, eliminare le *bavures*, le sbavature che pendevano dagli orli, è stata un'operazione troppo semplice perché si possa parlare di un *restauro*. Tuttavia l'effetto è quello, mi sembra. Liberata dalle sovrapposizioni, l'opera acquista un risalto, un'autorità che non aveva.
È quasi un libro nuovo... e credo, per le ragioni che ho esposto, di poter dire che esaudisce un *desiderio* di Nerval. L'espressione «enterré là», sepolto lì, nelle pagine troppo numerose del *Voyage*, ne è un indizio irrefutabile. Certamente Nerval non sarebbe stato irritato, *fâché*, dal progetto di resuscitarlo un poco, *le ressusciter un peu*.
Scopo di questa edizione è far sì che *La regina di Saba* si ricongiunga alle sue *sorelle*, ritrovando il suo posto nel grande fregio processionale e votivo delle Figlie del fuoco.

PICCOLA BIBLIOTECA ADELPHI

ULTIMI VOLUMI PUBBLICATI:

590. Thomas Bernhard, *I miei premi*
591. Irène Némirovsky, *L'affare Kurilov*
592. Stefan Zweig, *Lettera di una sconosciuta* (6ª ediz.)
593. Martin Heidegger, *Identità e differenza* (2ª ediz.)
594. Madame de Duras, *Ourika* (2ª ediz.)
595. Benedetto Croce, *Una famiglia di patrioti*
596. James Hillman, *Il suicidio e l'anima* (2ª ediz.)
597. William S. Burroughs - Allen Ginsberg, *Le lettere dello yage*
598. Jorge Luis Borges, *Fervore di Buenos Aires*
599. Joseph Roth, *Fragole* (2ª ediz.)
600. Denise Epstein, *Sopravvivere e vivere*
601. V.S. Naipaul, *Scrittori di uno scrittore*
602. Carlo Michelstaedter, *La melodia del giovane divino* (2ª ediz.)
603. Hermann Broch, *Hofmannsthal e il suo tempo*
604. Anna Maria Ortese, *Mistero doloroso* (2ª ediz.)
605. Irène Némirovsky, *Il malinteso* (4ª ediz.)
606. Ennio Flaiano, *Lo spettatore addormentato* (2ª ediz.)
607. Giorgio Colli, *Apollineo e dionisiaco* (3ª ediz.)
608. Stefan Zweig, *Storia di una caduta*
609. Joseph Roth, *Il secondo amore* (2ª ediz.)
610. Muḥammad Dārā Šikōh, *La congiunzione dei due oceani*
611. Jamaica Kincaid, *In fondo al fiume*
612. René Guénon, *I princìpi del calcolo infinitesimale*
613. Alberto Savinio, *Tutta la vita*
614. Jorge Luis Borges - Adolfo Bioy Casares, *Libro del cielo e dell'inferno* (2ª ediz.)
615. Ananda K. Coomaraswamy, *La danza di Śiva*
616. Ingeborg Bachmann, *Diario di guerra*
617. Yasmina Reza, *Il dio del massacro* (4ª ediz.)
618. Robert Walser, *Ritratti di pittori* (2ª ediz.)
619. Anna Maria Ortese, *Da Moby Dick all'Orsa Bianca*
620. W.H. Auden, *Grazie, Nebbia*
621. Curzio Malaparte, *Tecnica del colpo di Stato* (2ª ediz.)
622. Stefan Zweig, *Paura* (3ª ediz.)
623. Fëdor Tjutčev, *Poesie*
624. Franco Volpi, *La selvaggia chiarezza* (2ª ediz.)
625. Alan Bennett, *Gli studenti di storia* (2ª ediz.)

626. Porfirio, *Sui simulacri*
627. Giuseppe Gioachino Belli, *Sonetti erotici e meditativi* (2ª ediz.)
628. Roberto Bolaño, *Chiamate telefoniche*
629. Franz Cumont, *Lo Zodiaco*
630. Charles Simic, *Il mostro ama il suo labirinto*
631. Manlio Sgalambro, *Della misantropia*
632. Henri Michaux, *Passaggi*
633. Elvio Fachinelli, *Su Freud*
634. Guido Ceronetti, *Poemi del Gineceo*
635. John Maynard Keynes, *Le mie prime convinzioni* (2ª ediz.)
636. Stefan Zweig, *Notte fantastica*
637. Wisława Szymborska, *Basta così* (2ª ediz.)
638. Friedrich Nietzsche, *Il servizio divino dei greci*
639. Thomas Bernhard, *Goethe muore* (3ª ediz.)
640. Massimo Cacciari, *Il potere che frena* (6ª ediz.)
641. Vasugupta, *Gli aforismi di Śiva*
642. Roberto Calasso, *L'impronta dell'editore* (2ª ediz.)
643. Edgardo Franzosini, *Sotto il nome del Cardinale*
644. S.Y. Agnon, *Nel cuore dei mari*
645. Giorgio Pasquali, *Storia dello spirito tedesco nelle memorie d'un contemporaneo*
646. John McPhee, *Tennis* (2ª ediz.)
647. Muriel Spark, *Bang bang sei morta*
648. Czesław Miłosz, *La testimonianza della poesia*
649. Carlo Emilio Gadda, *Un gomitolo di concause*

Stampato nel luglio 2013
dal Consorzio Artigiano « L.V.G. » - Azzate

Piccola Biblioteca Adelphi
Periodico mensile: N. 650/2013
Registr. Trib. di Milano N. 180 per l'anno 1973
Direttore responsabile: Roberto Calasso